DIÁRIO DA QUEDA

Esta obra foi selecionada pela Bolsa Funarte de Criação Literária.

**Ministério da Cultura**

MICHEL LAUB

# Diário da queda

14ª reimpressão

teve pelo menos três pneumonias e um infarto e um derrame antes de morrer.

17.
Uma vez fui com a minha avó a esse asilo. O lugar era quase fora da cidade. Os quartos tinham cheiro de eucalipto, e o prédio era cercado por uma área verde onde havia bancos e canteiros de flores, e dali víamos enfermeiras e parentes dos internos, um ou outro funcionário de uniforme, às vezes um senhor com uma cadeira de rodas motorizada e um tanque de oxigênio. Minha avó e a amiga falaram da novela, da violência nos jornais, das pessoas na rua que são cada vez mais grosseiras, dos dias de frio que são cada vez mais longos, e em nenhum momento da conversa, nem de qualquer conversa que tive com a minha avó até ela morrer mais ou menos como a amiga do asilo, com a diferença de que no caso dela não houve um infarto no caminho, o derrame que ela sofreu foi fulminante, o que poupou a todos de vê-la numa cama durante a eternidade em que a pessoa não fala e não se mexe — em nenhum momento de sua vida a minha avó fez menção ao meu avô.

18.
Quer dizer, às vezes ela dizia o óbvio, que meu avô falava pouco, que dormia com um pijama de manga comprida até no verão, que no início do casamento costumava fazer quinze minutos de ginástica ao acordar, e uma vez caiu da escada que usava para subir no sótão, e eu poderia continuar essa lista até chegar a vinte itens, ou trinta se isso não for suficiente, mas em nenhum momento daqueles anos ela contou o essencial sobre ele.

19.
Nos últimos anos de vida o meu avô passava o dia inteiro no escritório. Só depois da morte é que foi descoberto o que ele fazia

MICHEL LAUB

# Diário da queda

*14ª reimpressão*

Copyright © 2011 by Michel Laub

*Grafia atualizada segundo o Acordo Ortográfico da Língua Portuguesa de 1990, que entrou em vigor no Brasil em 2009.*

*Capa*
warrakloureiro

*Imagem de capa*
Kevin Trageser/ Getty Images

*Preparação*
Márcia Copola

*Revisão*
Márcia Moura
Luciana Baraldi

*Os personagens e as situações desta obra são reais apenas no universo da ficção; não se referem a pessoas e fatos concretos, e não emitem opinião sobre eles.*

Dados Internacionais de Catalogação na Publicação (CIP)
(Câmara Brasileira do Livro, SP, Brasil)

Laub, Michel
 Diário da queda / Michel Laub — São Paulo : Companhia das Letras, 2011.

ISBN 978-85-359-1817-5

1. Ficção brasileira I. Título.

11-01171 CDD-869.93

Índice para catálogo sistemático:
1. Ficção : Literatura brasileira      869.93

Todos os direitos desta edição reservados à
EDITORA SCHWARCZ S.A.
Rua Bandeira Paulista, 702, cj. 32
04532-002 – São Paulo – SP
Telefone: (11) 3707-3500
www.companhiadasletras.com.br
www.blogdacompanhia.com.br
facebook.com/companhiadasletras
instagram.com/companhiadasletras
twitter.com/cialetras

*Para o meu pai*

# ALGUMAS COISAS QUE SEI SOBRE O MEU AVÔ

1.
Meu avô não gostava de falar do passado. O que não é de estranhar, ao menos em relação ao que interessa: o fato de ele ser judeu, de ter chegado ao Brasil num daqueles navios apinhados, o gado para quem a história parece ter acabado aos vinte anos, ou trinta, ou quarenta, não importa, e resta apenas um tipo de lembrança que vem e volta e pode ser uma prisão ainda pior que aquela onde você esteve.

2.
Nos cadernos do meu avô não há qualquer menção a essa viagem. Não sei onde ele embarcou, se ele arrumou algum documento antes de sair, se tinha dinheiro ou alguma indicação sobre o que encontraria no Brasil. Não sei quantos dias durou a travessia, se ventou ou não, se houve uma tempestade de madrugada e se para ele fazia diferença que o navio fosse a pique e ele terminasse de maneira tão irônica, num turbilhão escuro de gelo e sem chance de figurar em nenhuma lembrança além de uma estatís-

tica — um dado que resumiria sua biografia, engolindo qualquer referência ao lugar onde foi criado e à escola onde estudou e a todos esses detalhes acontecidos no intervalo entre o nascimento e a idade em que teve um número tatuado no braço.

3.
Eu também não gostaria de falar desse tema. Se há uma coisa que o mundo não precisa é ouvir minhas considerações a respeito. O cinema já se encarregou disso. Os livros já se encarregaram disso. As testemunhas já narraram isso detalhe por detalhe, e há sessenta anos de reportagens e ensaios e análises, gerações de historiadores e filósofos e artistas que dedicaram suas vidas a acrescentar notas de pé de página a esse material, um esforço para renovar mais uma vez a opinião que o mundo tem sobre o assunto, a reação de qualquer pessoa à menção da palavra *Auschwitz*, então nem por um segundo me ocorreria repetir essas ideias se elas não fossem, em algum ponto, essenciais para que eu possa também falar do meu avô, e por consequência do meu pai, e por consequência de mim.

4.
Nos meses antes de completar treze anos eu estudei para fazer Bar Mitzvah. Duas vezes por semana eu ia à casa de um rabino. Éramos seis ou sete alunos, e cada um levava para casa uma fita com trechos da Torá gravados e cantados por ele. Na aula seguinte precisávamos saber tudo de cor, e até hoje sou capaz de entoar aquele mantra de quinze ou vinte minutos sem saber o significado de uma única palavra.

5.
O rabino vivia do salário da sinagoga e da contribuição das famílias. A mulher tinha morrido e ele não tinha filhos. Durante as

aulas ele tomava chá com adoçante. Pouco depois do início pegava um dos alunos, em geral o que não havia estudado, e sentava ao lado dele, e falava com o rosto quase encostado no dele, e o fazia cantar de novo e de novo cada verso e sílaba, até que o aluno errasse pela segunda ou terceira vez e o rabino desse um soco na mesa e gritasse e ameaçasse que não faria o Bar Mitzvah de ninguém.

6.
O rabino tinha unhas grandes e cheiro de vinagre. Era o único que fazia essa preparação na cidade, e era comum que na hora de ir embora esperássemos na cozinha enquanto ele tinha uma conversa com nossos pais, na qual dizia que éramos desinteressados, e indisciplinados, e ignorantes e agressivos, e no final do discurso ele pedia um pouco mais de dinheiro. Nessa hora era comum também que um dos alunos, sabendo que o rabino era diabético, que já tinha parado no hospital por conta disso, que tinha havido complicações e uma das pernas chegou a correr o risco de ser amputada, esse aluno se oferecia para pegar mais chá e em vez de adoçante botava açúcar na xícara.

7.
Praticamente todos os meus colegas fizeram Bar Mitzvah. A cerimônia era aos sábados de manhã. O aniversariante usava *talid* e era chamado para rezar junto com os adultos. Depois havia um almoço ou janta, em geral num hotel de luxo, e uma das coisas que meus colegas gostavam era de passar graxa nas maçanetas dos quartos. Outra era fazer xixi nas caixas de toalhas dos banheiros. Outra ainda, embora isso só tenha acontecido uma vez, na hora do parabéns, e naquele ano era comum jogar o aniversariante para o alto treze vezes, um grupo o segurando nas quedas, como numa rede de bombeiros — nesse dia a rede abriu na décima terceira queda e o aniversariante caiu de costas no chão.

8.
A festa em que isso aconteceu não foi num hotel de luxo, e sim num salão de festas, um prédio que não tinha elevador nem porteiro porque o aniversariante era bolsista e filho de um cobrador de ônibus que já tinha sido visto vendendo algodão-doce no parque. O aniversariante não ficava em recuperação em nenhuma disciplina, nunca tinha ido a nenhuma festa, não havia participado de um quebra-quebra na biblioteca, nem estava entre os alunos que puseram um pedaço de carne crua na bolsa de uma professora, muito menos achou engraçado quando alguém deixou uma bomba atrás da privada, um saco de pólvora no qual era preso um cigarro que queimava até a explosão. Ao cair ele machucou uma vértebra, teve de ficar de cama dois meses, usar colete ortopédico por mais alguns meses e fazer fisioterapia durante todo esse tempo, tudo depois de ter sido levado para o hospital e a festa ter se encerrado numa atmosfera geral de perplexidade, ao menos entre os adultos presentes, e um dos que deveriam ter segurado esse colega era eu.

9.
Uma escola judaica, pelo menos uma escola como a nossa, em que alguns alunos chegam de motorista, outros passam anos sendo ridicularizados, um deles com a merenda cuspida todos os dias, outro trancado numa casa de máquinas a cada recreio, e o colega que se machucou no aniversário já havia sofrido com isso, nos anos anteriores ele foi repetidamente enterrado na areia — uma escola judaica é mais ou menos como qualquer outra. A diferença é que você passa a infância ouvindo falar de antissemitismo: há professores que se dedicam exclusivamente a isso, uma explicação para as atrocidades cometidas pelos nazistas, que remetiam às atrocidades cometidas pelos poloneses, que eram ecos das atrocidades cometidas pelos russos, e nessa conta você poderia botar os árabes e os muçulmanos e os cristãos e quem mais

precisasse, uma espiral de ódio fundada na inveja da inteligência, da força de vontade, da cultura e da riqueza que os judeus criaram apesar de todos esses obstáculos.

10.
Aos treze anos eu morava numa casa com piscina, e nas férias de julho fui para a Disneylândia, e andei de montanha-russa espacial, e vi os piratas do Caribe, e assisti à parada e aos fogos, e na sequência visitei o Epcot Center, e vi os golfinhos do Sea World, e os crocodilos no Cypress Gardens, e as corredeiras no Busch Gardens, e os espelhos de vampiro na Mystery Fun House.

11.
Aos treze anos eu tinha: um videogame, um videocassete, uma estante cheia de livros e discos, uma guitarra, um par de patins, um uniforme da NASA, uma placa de *proibido estacionar* achada na rua, uma raquete de tênis que nunca usei, uma barraca, um skate, uma boia, um cubo mágico, um soco-inglês, um pequeno canivete.

12.
Aos treze anos eu nunca tinha tido uma namorada. Eu nunca tinha ficado doente de verdade. Eu nunca tinha visto alguém morrer ou sofrer um acidente grave. Na noite em que o aniversariante caiu de costas eu sonhei com o pai dele, com os tios e avós que estavam na festa, com o padrinho que talvez tenha ajudado a pagar as despesas, e na festa não havia mais que um bolo de chocolate e pipoca e coxinhas e pratos de papel.

13.
Eu sonhei muitas vezes com o momento da queda, um silêncio que durou um segundo, talvez dois, um salão com sessen-

ta pessoas e ninguém deu um pio, e era como se todos esperassem um grito do meu colega, um grunhido que fosse, mas ele ficou no chão de olhos fechados até que alguém dissesse para que todos saíssem de perto porque talvez ele houvesse se machucado, uma cena que passou a me acompanhar até que ele voltasse à escola, e passasse a se arrastar pelos corredores, de colete ortopédico por baixo do uniforme no frio, no calor, no sol, na chuva.

14.
Se na época perguntassem o que me afetava mais, ver o colega daquele jeito ou o fato de meu avô ter passado por Auschwitz, e por afetar quero dizer sentir intensamente, como algo palpável e presente, uma lembrança que não precisa ser evocada para aparecer, eu não hesitaria em dar a resposta.

15.
Meu avô morreu quando meu pai tinha catorze anos. A imagem que tenho dele é a de meia dúzia de fotografias, ele sempre com a mesma roupa, o mesmo terno escuro e o cabelo, a barba, e não tenho ideia de como era a voz dele, e os dentes eu não sei se eram brancos porque ele nunca apareceu sorrindo.

16.
A casa do meu avô eu não conheci, mas alguns dos móveis de lá, a poltrona, a mesa redonda, o armário de madeira e vidro, foram para o apartamento onde minha avó passou a viver depois. Era um apartamento mais condizente com uma viúva que saía pouco, no máximo uma vez por semana para tomar chá na casa de uma amiga, hábito que ela manteve até que essa amiga se mudou para um asilo, e passou mais cinco ou dez anos no asilo, e nesse período quebrou uma perna e depois a bacia e

teve pelo menos três pneumonias e um infarto e um derrame antes de morrer.

17.
Uma vez fui com a minha avó a esse asilo. O lugar era quase fora da cidade. Os quartos tinham cheiro de eucalipto, e o prédio era cercado por uma área verde onde havia bancos e canteiros de flores, e dali víamos enfermeiras e parentes dos internos, um ou outro funcionário de uniforme, às vezes um senhor com uma cadeira de rodas motorizada e um tanque de oxigênio. Minha avó e a amiga falaram da novela, da violência nos jornais, das pessoas na rua que são cada vez mais grosseiras, dos dias de frio que são cada vez mais longos, e em nenhum momento da conversa, nem de qualquer conversa que tive com a minha avó até ela morrer mais ou menos como a amiga do asilo, com a diferença de que no caso dela não houve um infarto no caminho, o derrame que ela sofreu foi fulminante, o que poupou a todos de vê-la numa cama durante a eternidade em que a pessoa não fala e não se mexe — em nenhum momento de sua vida a minha avó fez menção ao meu avô.

18.
Quer dizer, às vezes ela dizia o óbvio, que meu avô falava pouco, que dormia com um pijama de manga comprida até no verão, que no início do casamento costumava fazer quinze minutos de ginástica ao acordar, e uma vez caiu da escada que usava para subir no sótão, e eu poderia continuar essa lista até chegar a vinte itens, ou trinta se isso não for suficiente, mas em nenhum momento daqueles anos ela contou o essencial sobre ele.

19.
Nos últimos anos de vida o meu avô passava o dia inteiro no escritório. Só depois da morte é que foi descoberto o que ele fazia

ali, cadernos e mais cadernos preenchidos com letra miúda, e quando li o material é que finalmente entendi o que ele havia passado. Foi então que essa experiência passou a ser não apenas histórica, não apenas coletiva, não apenas referente a uma moral abstrata, no sentido de que Auschwitz virou uma espécie de marco em que você acredita com toda a força de sua educação, de suas leituras, de todos os debates que você já ouviu sobre o tema, das posições que defendeu com solenidade, das condenações que já fez com veemência sem por um segundo sentir nada daquilo como se fosse seu.

20.
Se eu tivesse que falar de algo meu, começaria com a história do colega que caiu na festa. De como ele reapareceu na escola meses depois. De como criei coragem para me aproximar dele, uma pergunta quando os dois estão no corredor esperando pela próxima aula, um comentário qualquer sobre a prova na semana seguinte ou o casaco do professor que estava sempre cheio de caspa, e da maneira como ele respondeu ao meu comentário, como se aquela fosse uma conversa qualquer e fosse possível para qualquer um de nós esquecer que ele estava de colete ortopédico, e a cada vez que ele levantava era como se todos prestassem atenção se estava caminhando de forma diferente, com um passo um pouco mais alto que o outro, um ritmo levemente irregular que acompanharia para sempre a ele e aos que estavam na festa.

21.
O nome do meu colega era João, e à medida que nos aproximamos descobri que: (a) o pai dele vendia algodão-doce no parque porque o salário de cobrador de ônibus não era suficiente; (b) o pai criou sozinho o filho porque a mãe morreu antes dos qua-

renta anos; (c) depois da morte da mãe, o pai nunca mais casou, nem teve filhos, nem uma namorada.

22.

Sobre João eu fiquei sabendo que: (a) ele nunca contou ao pai que era enterrado na areia todos os dias; (b) ele sempre disse que não chamava nenhum amigo para brincar porque preferia ficar estudando; (c) ele nunca creditou nenhum problema na escola ao fato de ser não judeu, gói.

23.

Minha escola tinha tradição de botar alunos nas melhores faculdades, e dali haviam saído industriais, engenheiros, advogados. O pai de João achava que valia o sacrifício de matricular o filho num lugar tão caro: havia um programa de bolsas, e ele acabou ganhando oitenta por cento de desconto na mensalidade. Mesmo assim tinha de se desdobrar para pagar a quantia restante e mais uniforme, material didático, transporte.

24.

O pai de João resolveu comemorar os treze anos do filho porque a família nunca tinha dado uma festa. Tirando os aniversários de criança, eles costumavam apenas receber os parentes em casa para uma cerveja, e normalmente João não convidava ninguém além de um primo e de um garoto do prédio quatro anos mais moço. Mas porque João estava numa escola judaica, e na escola judaica todos faziam Bar Mitzvah aos treze, e em todas as festas o aniversariante era jogado treze vezes para cima, uma espécie de rito de iniciação do aniversariante ao mundo adulto, quando ele se tornava o que a expressão em hebraico que dá nome à cerimônia define como *filho do dever*, por tudo isso o pai convenceu o filho a receber a classe inteira no salão do edifício onde morava um cunhado.

25.
Eu soube disso tudo meses depois, quando já frequentava o apartamento deles. O apartamento ficava num prédio ainda mais modesto que o do cunhado, um lugar com as paredes descascando, cheio de fios à mostra, e naquele dia eu cheguei à tardinha e João não estava em casa. João tinha ido pagar uma conta, ou ao correio, ou ao cartório, uma das coisas que ele também fazia para ajudar em casa, e o pai me recebeu e ofereceu um copo de suco. Sentamos na frente da TV. Estava passando o noticiário local. Ficamos ali algum tempo, sem dizer nada, como quase nunca havíamos dito, porque até aquele dia eu nunca tinha trocado mais que cinco palavras com ele, e quando o silêncio ficou ainda mais incômodo e a novela ainda mais arrastada, porque já era quase noite e o filho não voltava nunca, ele começou a me fazer perguntas — sobre a escola, sobre o meu pai, sobre o meu avô.

26.
O pai de João me ouviu com a TV ligada, e era como se nada daquilo interessasse a ele, porque ele se mantinha olhando para a frente e nos intervalos trocava de canal. Numa dessas mudanças ele comentou sobre um programa de auditório em que a plateia ia pedir dinheiro, gente banguela, cega, surda, cheia de feridas e queimaduras, e o pai de João disse que absurdo eles deixarem essa gente aparecer, que absurdo eles fazem com essa gente, que absurdo o governo que não olha isso, estou cansado de viver neste país de merda. Você não acha que é um país de merda? Que aqui só se faz merda? Que só tem gente de merda aqui? E foi então que ele levantou e desligou o aparelho e começou a falar dele e

do filho e da vida até perguntar, com a mesma raiva, olhando nos meus olhos como se tivesse esperado por aquele momento desde sempre, se eu não tinha vergonha do que aconteceu no aniversário de João.

27.
Numa escola como a minha, os poucos alunos que não eram judeus tinham até privilégios. O de não assistir às aulas de hebraico, por exemplo. Ou as de cultura hebraica. Nas semanas que antecediam os feriados religiosos eles eram dispensados de aprender as canções típicas, e fazer as rezas, e dançar as coreografias e participar do Shabat, e visitar a sinagoga e o Lar dos Velhos, e enfeitar o berço de Moisés ao som do hino de Israel, isso sem falar nos acampamentos do chamado *movimento juvenil*.

28.
Nos acampamentos éramos divididos em grupos, cada um com um monitor mais velho, e parte do dia era ocupada por atividades normais num encontro assim, o almoço, o futebol, os abraços coletivos de união, as gincanas com talco e ovos. Nós levávamos barraca, repelente, marmita, cantil, e lembro de esconder tudo o que pudesse ser roubado na minha ausência, uma barra de chocolate no fundo de um saco de roupa suja, um carregador de pilha em meio às urtigas.

29.
À noite éramos separados em dois grupos, um exercício que se chamava *ataque à bandeira*, um camuflado na vegetação e o outro que se encarregava da defesa, e durante a madrugada num descampado formávamos pelotões que reproduziam as estratégias de uma patrulha, com bússola e coluna, lanço e escalada, uma simulação do que tínhamos ouvido em palestras onde os

monitores falavam sobre a Guerra dos Seis Dias, a Guerra de Independência, a Guerra de Yom Kippur, a Guerra do Líbano.

30.
Havia outros não judeus na escola, mas nenhum como João. Uma vez um deles segurou um colega e o arrastou por quarenta metros e esticou seu braço direito e bateu com um portão de ferro várias vezes nos dedos, e quando o colega estava se contorcendo ele pegou o braço esquerdo e fez a mesma coisa. João era diferente: o colega o mandava ficar de pé, e ele ficava. O colega jogava o sanduíche de João longe, e ele ia buscar. O colega segurava João e o forçava a comer o sanduíche, mordida por mordida, e no rosto de João não se via nada — nenhuma dor, nenhum apelo, nenhuma expressão.

31.
Quando o pai de João perguntou se eu não tinha vergonha do que aconteceu na festa, eu poderia ter descrito essa cena. Eu poderia ter dito algo mais do que ele esperava, o relato de como pedi desculpas a João quando ele retornou à escola. Em vez de contar como foi saber que João acabaria ficando bom, andando normalmente e tendo a mesma vida de antes, e como ficar sabendo disso tornou a nossa conversa mais fácil, como se o pedido de desculpas apagasse na hora o que ele passou depois da queda, ele estatelado diante dos parentes, com falta de ar porque havia batido as costas, ele na ambulância e no pronto-socorro e no hospital sem receber uma visita dos colegas, e mais dois meses em casa sem receber nenhum de nós, e de volta à escola sem que nenhum de nós tivesse se aproximado dele até o dia em que criei coragem para tanto — em vez de tudo isso eu poderia ter contado como era ver João comendo o sanduíche diante do agressor, terminando o último pedaço e sendo novamente pego pelo agressor, atrás

de uma árvore no canto do pátio, cercado por um pequeno grupo que cantava todos os dias a mesma música.

32.
A música começava assim, *come areia, come areia*. Era como um ritual, o incentivo enquanto João virava o rosto e tentava escapar dos golpes até não resistir e abrir a boca, o gosto quente e áspero, sola de tênis na cara, e só aí o agressor cansava e os gritos diminuíam e João era deixado até se levantar já sozinho, ainda vermelho e ajeitando a roupa e pegando de novo a mochila e subindo de novo as escadas como admissão pública do quanto ele era sujo, e fraco, e desprezível.

33.
Nada disso impediu que ele aparecesse com os convites para a festa. Nas cerimônias de Bar Mitzvah os convites eram impressos em gráfica, em papel-cartão dobrado, com um laço e tipologia dourada, o nome dos pais do aniversariante, um telefone para confirmar a presença, o endereço para entrega de presentes. Os de João eram caseiros, feitos com papel-ofício, dispostos num envelope de cartolina, escritos em caneta hidrocor. Ele os entregou em silêncio, de mesa em mesa, com duas semanas de antecedência, a sétima série inteira convidada.

34.
Eu acordei cedo naquele sábado. Eu me vesti, fui até a geladeira e passei a manhã no quarto. Eu gostava de ver televisão assim, a veneziana fechada, a cama ainda desfeita e as migalhas de pão sobre o lençol até que alguém batesse na porta porque já eram quinze para a uma, e o resto do dia foi: o almoço na casa da minha avó, a ida com a minha mãe ao shopping, ela perguntando se o colega que fazia aniversário preferia um short ou uma mo-

chila, uma carteira ou uma camiseta, se ele gostava de música e ficaria feliz com um vale-disco, e eu respondi e esperei que ela pagasse e que a balconista da loja fizesse o pacote e ainda fôssemos ao fliperama onde joguei corrida e sinuca eletrônica.

35.
Eu dei parabéns a João quando cheguei à festa. Eu entreguei o presente a ele. É possível que eu tenha cumprimentado o pai dele, algum parente que estivesse próximo, e é possível até que eu tivesse aproveitado a festa como todos os outros convidados, que eu tivesse até me divertido sem nem por um instante demonstrar nervosismo, os cinco colegas escalados para formar a rede de bombeiros, aqueles que eu também cumprimentei ao chegar, com quem também conversei normalmente, nós todos vestidos e ensaiados e unidos na espera pela hora do bolo e pelo parabéns.

36.
Não sei se participei por causa desses outros colegas, e seria fácil a esta altura culpá-los por tudo, ou se em algum momento eu fui ativo na história: se nos dias anteriores tive alguma ideia, se fiz alguma sugestão, se de alguma forma fui indispensável para que tudo saísse exatamente como planejado, nós em coro no verso final, *muitos anos de vida* antes de nos aproximarmos dele, um em cada perna, um em cada braço, eu segurando o pescoço porque essa é a parte mais sensível do corpo.

37.
Não sei se fiz aquilo apenas porque me espelhava nos meus colegas, João sendo jogado para cima uma vez, duas vezes, eu segurando até que na décima terceira vez e com ele ainda subindo eu recolhi os braços e dei um passo para trás e vi João parado no ar e iniciando a queda, ou se foi o contrário: se no fundo, por

essa ideia dos dias anteriores, algo que eu tivesse dito ou uma atitude que tivesse tomado, uma vez que fosse, diante de uma pessoa que fosse, independentemente das circunstâncias e das desculpas, se no fundo eles também estavam se espelhando em mim.

38.
Porque é claro que eu usava aquelas palavras também, as mesmas que levaram ao momento em que ele bateu o pescoço no chão, e foi pouco tempo até eu perceber os colegas saindo rápido, dez passos até o corredor e a portaria e a rua e de repente você está virando a esquina em disparada sem olhar para trás e nem pensar que era só ter esticado o braço, só ter amortecido o impacto e João teria levantado, e eu nunca mais veria nele o desdobramento do que tinha feito por tanto tempo até acabar ali, a escola, o recreio, as escadas e o pátio e o muro onde João sentava para fazer o lanche, o sanduíche jogado longe e João enterrado e eu me deixando levar com os outros, repetindo os versos, a cadência, todos juntos e ao mesmo tempo, a música que você canta porque é só o que pode e sabe fazer aos treze anos: *come areia, come areia, come areia, gói filho de uma puta.*

# ALGUMAS COISAS QUE SEI SOBRE O MEU PAI

1.

As primeiras anotações nos cadernos do meu avô são sobre o dia em que ele desembarcou no Brasil. Já li dezenas desses relatos de imigrantes, e a estranheza de quem chega costuma ser o calor, a umidade, o uniforme dos agentes do governo, o exército de pequenos golpistas que se reúne no porto, a cor da pele de alguém dormindo sobre uma pilha de serragem, mas no caso do meu avô a frase inicial é sobre um copo de leite.

2.

Aparentemente meu avô queria escrever uma espécie de enciclopédia, um amontoado de verbetes sem relação clara entre si, termos seguidos por textos curtos ou longos, sempre com uma característica peculiar. O verbete *leite*, por exemplo, fala de um *alimento líquido e de textura cremosa que além de conter cálcio e outras substâncias essenciais ao organismo tem a vantagem de ser muito pouco suscetível ao desenvolvimento de bactérias.*

3.
A seguir meu avô passa para *porto, bagagem, Sesefredo*, e não é difícil perceber que os registros obedecem à ordem na qual ele se deparou com cada um desses lugares, objetos, pessoas e situações. Dá para acompanhar a sequência como uma história, mas, porque os verbetes são evidentemente mentirosos, num tom grosseiramente otimista, isso é feito de maneira inversa: meu avô escreve que não há notícia de doenças causadas pela ingestão de leite, que o porto é o *local onde se reúne o comércio ambulante que trabalha sob regras estritas de controle fiscal e higiene*, e não é difícil imaginá-lo no cais, depois de ter comido os últimos pedaços do pão endurecido que foi seu único alimento durante a viagem, tomando seu primeiro copo de leite em anos, o leite do novo mundo e da nova vida, saído de um jarro conservado não se sabe onde, como, por quanto tempo, e em poucas semanas ele quase morreria por causa disso.

4.
Os imigrantes judeus que chegavam ao sul do Brasil, primeiro no porto de Santos, dali para o porto de Rio Grande e finalmente num pequeno vapor para Porto Alegre, costumavam se hospedar em casas de parentes ou conhecidos longínquos ou em pequenas pensões do centro. O nome da pensão em que meu avô ficou era Sesefredo. Nos cadernos, ele a define como *estabelecimento amplo e asseado, quieto nas manhãs e aconchegante no início da noite*. Um lugar onde alguém com febre tifoide provavelmente contraída de um copo de leite é tratado pelos proprietários gentis que falam alemão, que explicam em alemão a natureza da doença, seus sintomas, sua taxa de mortalidade em vinte e cinco por cento dos casos, isso numa época em que os antibióticos específicos para esse tratamento ainda não tinham sido inventados, ou ao menos não haviam chegado ao Brasil, ou ao menos àquela pensão. Na

Sesefredo era possível enfrentar aquelas quatro semanas de vômitos, dor de cabeça, mal-estar e febre de quarenta graus graças à *gentileza de seus proprietários*, o casal que não faz ameaças a seu novo hóspede, que não passa quatro semanas dizendo que vai botá-lo na rua assim que acabar seu último centavo.

5.
Ao contrário da minha avó, meu pai falava pouco sobre banalidades da vida do meu avô. Talvez porque ele tenha morrido quando meu pai tinha catorze anos, e a partir daí não havia sentido em lembrar se o meu avô chegava cedo ao trabalho, se era simpático com os clientes, se tratava bem os funcionários, se gostava do que fez por dez ou doze horas diárias até se aposentar e passar o resto dos dias em casa, trancado no escritório, e se nesse tempo todo ele fez alguma consideração sobre a casa onde eles moravam, a cidade, o país, sobre qualquer coisa que tivesse visto e vivido, qualquer experiência que tirasse dele o rótulo presente em qualquer conversa que meu pai tivesse a respeito, o homem que sobreviveu ao nazismo, à guerra, a Auschwitz.

6.
Meu pai falava muito na Alemanha dos anos 30, em como os judeus foram enganados com facilidade, e era fácil achar que uma casa invadida era um evento isolado, que o ataque a uma ótica ou ferragem cuja porta amanhecia com uma estrela pintada era obra de um bando qualquer de vândalos, porque se você tem negócios e paga impostos e gera empregos e vive confortavelmente adaptado ao país onde nasceram seus parentes até o terceiro grau de ascendência não vai querer imaginar a hipótese de perder tudo, e da noite para o dia embarcar num navio, você com a roupa do corpo rumo a um lugar onde não conhece nada dos costumes, da política, da história.

7.
Nos cadernos do meu avô, o Brasil de 1945 era um país que não tinha passado pela escravidão. Onde nenhum agente do governo fez restrições à vinda de imigrantes fugidos da guerra. Um lugar repleto de oportunidades para um professor de matemática que não falava português, e logo depois de se curar da febre tifoide meu avô começou a procurar emprego, não seria muito difícil já que havia uma demanda grande nas escolas, nas faculdades, nos institutos que faziam de Porto Alegre uma cidade de excelência científica, que também promovia simpósios regulares sobre arte e filosofia, eventos agradáveis seguidos por noites agradáveis num dos inúmeros cafés do centro frequentados por mulheres *bonitas e solteiras como convém*, cujos pais ficariam muito satisfeitos ao serem apresentados a um judeu.

8.
Imagine uma casa rica de Porto Alegre, 1945. Imagine um jantar nessa casa, a mesa num dos ambientes da sala, uma família que fala várias línguas, inclusive e em especial o alemão. A família é servida por empregados de uniforme e talvez comente a posse do presidente Eurico Gaspar Dutra, de quem meu avô jamais tinha ouvido falar, ou um discurso de Carlos Lacerda, de quem meu avô jamais tinha ouvido falar também, ou qualquer dessas referências conhecidas do período, os cassinos, a Rádio Nacional, as vedetes do teatro de revista, e pelo resto da noite se bebe e faz brindes e em nenhum momento o dono da casa se dirige ao meu avô a não ser para comentar que o mundo ficaria pior com a vitória americana na guerra.

9.
Há muitas maneiras de saber como as coisas aconteceram de fato. Neste caso a história foi contada pela minha avó para o

meu pai. É uma história banal, de qualquer forma, e para mim ela só interessa se confrontada com a descrição daquela noite feita pelo meu avô nos cadernos: ali a casa era diferente, e na vitrola o dono da casa botou discos de Bach e Schubert, e fez até uma piada com o fato de Schubert ter morrido de febre tifoide, algo que não soou ofensivo para o meu avô, pelo contrário, foi até uma forma de descontrair o ambiente logo que ele chegou acompanhado da minha avó, o convidado especial da noite a quem o dono da casa ofereceu uma taça de vinho, depois convidou para passar à mesa, depois contou mais algumas piadas e elogiou a disposição do grupo de Dutra em *reafirmar a vocação brasileira para a democracia*.

10.

Segundo o meu avô, era muito comum que um homem rico e germanófilo e pai de uma mulher bonita e solteira de Porto Alegre, 1945, diante de um imigrante judeu e pobre recém-recuperado de uma febre tifoide e devendo dois meses de aluguel numa pensão chamada Sesefredo, perguntasse a esse rapaz quais eram seus planos em relação à sua filha. Era comum o rapaz responder que gostaria de retomar a carreira de professor mas que por enquanto, dadas as suas dificuldades com o português, que seriam logo superadas, e uma certa expectativa dos proprietários da Sesefredo, sempre manifestada em *modos compreensivos e cordiais*, ele pensava em aceitar um emprego de caixeiro-viajante oferecido por um agenciador, no qual percorreria dezesseis cidades por semana vendendo máquinas de costura. Há diversos tipos de máquinas, explica o rapaz, com diferentes usos e preços, e então o pai rico da mulher bonita e solteira abre um sorriso e oferece mais uma taça de vinho, e também um charuto, e comemorando o fim daquele jantar agradável os dois brindam ao fato de que o rapaz levará a filha do homem rico e orgulhoso para morar num quarto e sala próximo à Sesefredo, numa rua em que há um canil e um açougue onde se abatem galinhas, *estabelecimentos comerciais de reputação ilibada*, num prédio que sobreviveu a um incêndio, mas que *é sólido e possui bons ângulos em relação ao sol*, um lugar para começar uma vida nova a ser comemorada numa cerimônia poucos meses depois, um padre e um rabino para celebrar a união entre a filha daquele homem rico e orgulhoso e o seu genro judeu e pobre que em breve lhe dará o único neto.

11.
Quando meu pai nasceu, minha avó já não falava com o meu bisavô havia dois anos. Ela saiu de casa depois de ter comunicado a ele que não só ficaria com o meu avô como iria se converter ao judaísmo. A conversão não é um processo simples, porque o judaísmo não faz muito esforço para atrair novos adeptos, e você precisa se submeter a todo um processo de leituras e convívio com a comunidade e conversas com um rabino, e no dia da conversão a mulher recebe um nome hebraico imersa numa tina que acumula água da chuva especialmente para esse fim, e não sei se a minha avó fez isso por causa do meu avô, como se assim ela pudesse ficar mais próxima dele, ou se foi a forma de reagir à oposição da família ao casamento.

12.
Meu bisavô nunca perdoou a minha avó. Minha bisavó também deixou de falar com ela. Minha avó tinha uma irmã mais velha, que casou com um fazendeiro do interior do Rio Grande do Sul, e um irmão mais novo, que na época estava estudando para ser diplomata, e nenhum deles está vivo hoje: meu bisavô morreu do coração, minha bisavó num acidente de carro, a irmã

da minha avó de tuberculose, o irmão de complicações decorrentes de uma apendicite.

13.
Do ramo da família do meu avô morreram todos em Auschwitz, e não há uma linha a respeito deles nos cadernos. Não há uma linha sobre o campo em si, quanto tempo meu avô ficou lá, como fez para sobreviver, o que sentiu quando foi libertado, e posso imaginar a reação do meu pai ao ler o texto, seis meses ou um ano depois da morte do meu avô, e perceber essa lacuna.

14.
Meu avô não escreveu nada sobre judaísmo. Nenhum comentário sobre a conversão da minha avó. Nenhuma descrição das tentativas dela de entender a religião depois de se converter, os livros que ela leu, as idas dela à sinagoga sem que ele jamais a acompanhasse, as perguntas que ela fez sobre o tema sem que ele jamais desse mais que uma resposta lacônica. É possível que meu pai não tenha ouvido nenhuma frase dele a respeito quando criança, e muito poucas até completar catorze anos, uma explicação ou pista eventual sobre qualquer traço de identidade que o diferenciasse do mundo ao redor, os vizinhos, os colegas da escola, os professores, os locutores de rádio, os personagens de filme, as pessoas que meu pai via da janela do ônibus andando de um lado para outro e que nunca perderam um minuto da vida pensando nisso.

15.
Meu pai começou a se interessar por isso por causa da morte do meu avô, o que seria esperado numa circunstância assim, porque religião não é algo em que você pense aos catorze anos, mesmo que essa religião tenha a carga histórica e cultural do

judaísmo, e mesmo que meu pai soubesse que a recusa do meu avô em tratar do tema desde sempre não tinha sido apenas um capricho, uma questão de gosto de um homem adulto que se interessa pelo que quiser, mas o sintoma de algo provavelmente visível na maneira de ele ser, de se mostrar diante da mulher e do filho e de todos.

16.
*Esposa — pessoa que se encarrega das prendas domésticas, cuidando para que sejam empregados procedimentos os mais rigorosos de higiene na casa e também para que no dia do marido não existam perturbações quando ele deseja ficar sozinho.*

17.
Não sei quando meu avô começou a escrever os cadernos, mas o mais provável é que tenha sido décadas depois dos eventos que narra, na época em que o principal projeto de sua vida passou a ser ficar trancado no escritório inventando aqueles verbetes. Isso porque o texto não muda muito à medida que a leitura avança, como se tivesse sido elaborado num único impulso, e já no início esse padrão está bastante claro, meu avô falando da minha avó e do negócio de máquinas de costura que prosperou a ponto de ele abrir uma pequena loja em Porto Alegre logo que meu pai nasceu.

18.
Meu pai começou a trabalhar aos catorze anos, logo depois da morte do meu avô. Inicialmente minha avó ficou à frente dos negócios, e não sei se ela o orientou então, porque aos catorze não há muito que fazer numa loja além de contar peças nas prateleiras ou ajudar no caixa ou receber pedidos ou fingir que se é mais velho por manejar talões de notas fiscais, mas acredito que o

movimento e a conversa dos clientes e as idas a uma confeitaria a dois quarteirões de distância para comer torta de uva o ajudaram a superar os primeiros anos, a escapar do luto que seria voltar da escola e passar a tarde em meio aos móveis e objetos que só faziam lembrar o meu avô.

19.
Com o tempo aquilo deixou de ser apenas uma terapia, e meu pai pegou gosto pelo dia a dia no comércio, e quando ele tinha dezoito ou dezenove anos minha avó o deixou sozinho tomando conta da loja, e em mais alguns anos ele abriu uma filial, depois a segunda, depois a terceira, e em cada uma diversificava a mercadoria, e das máquinas de costura ele foi para os tecidos, depois para as roupas, depois para os móveis e as peças de carro, o que me permitiu nascer como herdeiro do que então tinha se tornado um império em miniatura.

20.
Meu pai conheceu minha mãe com dezenove anos, no baile de um clube judaico. Os homens ainda usavam gravata, e as mulheres esperavam por um convite, e é sempre tentador pensar no que aconteceria se alguma coisa tivesse saído errado aquela noite, se algo interrompesse a cadeia de acasos que acabou levando ao meu nascimento. É sempre tentador imaginar o que meu pai sentia na época do meu nascimento, como ele transmitia essa sensação para a minha mãe e se isso determinou ou não a maneira como ele se relacionou comigo ao longo de todos esses anos. Não há filho que não tenha essa curiosidade, então imagino o impacto que os cadernos do meu avô tiveram sobre o meu pai: ali é possível refazer um caminho semelhante, meu avô contando como foi a gravidez da minha avó, o que para ele era uma *esposa grávida*, o verbete no qual está escrito que a esposa deve comuni-

car sua gravidez ao marido, e que essa conversa serve para que *a decisão consequente* seja imediatamente tomada pelo marido.

21.
É tentador dizer que a reação do meu pai ao ler os cadernos influenciou a maneira como ele passou a tratar não só do judaísmo como de todas as outras coisas: a memória do meu avô, o casamento com a minha mãe, o convívio comigo em casa, e como não cheguei a conhecê-lo de outro jeito, porque ele nunca se mostrou para mim de outro jeito, é claro que também acabei arrastado por essa história.

22.
Para mim tudo começa aos treze anos, quando deixei João cair na festa de aniversário. A diretoria chamou os pais dos alunos envolvidos. O fato tinha acontecido fora da escola, mas a coordenadora julgou que era de sua alçada disciplinar. Quando meu pai me perguntou a respeito ele já sabia o que os outros envolvidos tinham alegado para a coordenadora, que havia sido um acidente, que era comum fazermos aquele tipo de brincadeira e até então ninguém havia se machucado. Meu pai não ficou feliz com a explicação, não tratou o assunto como uma mera brincadeira de garotos, não usou um tom cúmplice ou contou uma história semelhante acontecida com ele no passado, não deixou de me fazer prometer que aquilo não se repetiria, mas também não falou mais a respeito. Nos meses seguintes ele não se mostrou mais interessado que o normal pela escola, pelo meu comportamento, pelos meus amigos ou pelo próprio João.

23.
Os dois se encontraram poucas vezes na época. À tarde eu ficava sozinho com a empregada. João chegava depois do almo-

ço, era o mês de provas e ele estava atrasado com a matéria por causa do tempo que passou se recuperando. Eu o ajudei em português, em matemática e em ciências, e apesar do esforço e da chatice disso eu não deixei de fazer cópias dos meus cadernos para ele, de comentar os livros que precisávamos ler em casa, de repetir explicações de aula sem as quais era impossível resolver os exercícios.

24.
Pelas quatro ou cinco horas a empregada trazia um lanche, eu gostava de misto-quente com banana, um milk-shake também, e parávamos para descansar. Ao contrário de todos os meus colegas, João não jogava videogame. Ele nunca tinha mexido num videocassete. Ele nunca tinha frequentado uma casa como a minha, onde no início do verão podíamos ficar no ar condicionado, o quarto como uma ilha onde o cronograma de estudos era vencido dia a dia, matéria por matéria, até que a luz mudasse e a temperatura ficasse amena e pudéssemos enfim nos livrar dos cadernos e terminar a tarde à beira da piscina.

25.
João não era sócio do clube que eu frequentava, e nunca tinha pulado de um trampolim como o que havia na minha casa, um muro onde subíamos pelos vãos entre os tijolos, um salto que deveria vencer o espaço de grama e plantas e pedras até a fila de azulejos na borda da piscina, algo que para mim era relativamente fácil mas que João levou algum tempo para decidir fazer: quase dois metros de altura, o sol se pondo do lado oposto, o vento e os mosquitos e o cheiro que a grama cortada tem depois de um longo dia de calor, e eu dizendo pode vir que não tem mistério, ele agachado, concentrado, os olhos abertos, a força toda na pantur-

rilha, um pulo para a frente como se não houvesse gravidade e uma queda no vazio cuidando para não soltar o ar.

26.
Tem gente que abre os olhos debaixo da água, gente que prefere não abrir, e não sei se faz muita diferença quando você está sendo levado para o fundo e precisa ter paciência até que a velocidade diminua e você pare em meio às bolhas e comece a voltar ajudado pelo empuxo. Você impulsiona o corpo em movimentos longos dos braços e sente as pernas e o estômago, e quando emerge na luz olha para a borda e as cores nunca pareceram tão vivas, o reflexo da água que brilha e se mexe nos azulejos e o som do cloque das marolas e o gosto de cloro em seu nariz, e o medo que você teve durante a tarde inteira e todas as tardes anteriores desde o dia da queda na festa de aniversário se dissipa como se você tivesse nascido de novo.

27.
Difícil dizer por que me tornei amigo de João. Essas coisas não acontecem porque você tem pena de alguém, ou porque passou meses torturado com a hipótese de quase ter destruído essa pessoa, embora isso possa ajudar no começo, ao menos como impulso no primeiro esforço de aproximação. Não fosse esse incômodo inicial, eu não teria me oferecido para ajudá-lo com os estudos. Não fossem as tardes na minha casa, nós não teríamos convivido por tanto tempo. E não fosse o convívio, que aconteceu paralelamente à recuperação dele, às sessões de fisioterapia, aos exercícios para reforçar a musculatura, às flexões e abdominais e levantamento de peso que ele passou a fazer de maneira quase obsessiva, o que antes parecia idiota na personalidade de João não teria virado uma qualidade.

28.
Naquela época eu falava muito pouco com o meu pai. Ele chegava em casa à noite, exausto, e eu já tinha jantado e na maioria das vezes estava dormindo. Se eu fosse contar o tempo que passávamos juntos por semana não daria mais que algumas horas, e como nessas horas estavam incluídos os discursos sobre os judeus que morreram nas Olimpíadas de 1973, os judeus que morreram em atentados da OLP, os judeus que continuariam morrendo por causa dos neonazistas na Europa e da aliança soviética com os árabes e da inoperância da ONU e da má vontade da imprensa com Israel, é possível que mais da metade das conversas que ele teve comigo girassem em torno desse tema.

29.
Quando criança eu sonhava com essas histórias, as suásticas ou as tochas dos cossacos do lado de fora da janela, como se qualquer pessoa na rua estivesse pronta para me vestir um pijama com uma estrela e me enfiar num trem que ia rumo às chaminés, mas com os anos isso foi mudando. Eu percebi que as histórias se repetiam, meu pai as contava da mesma forma, com a mesma entonação, e até hoje sou capaz de citar exemplos que volta e meia deixavam a voz dele embargada, a prisão da garotinha, a separação dos dois irmãos, o médico e o professor e o carteiro e a mulher grávida que atravessou a Polônia antes de ser pega numa emboscada no mato. Alguma coisa muda quando você vê o seu pai repetindo a mesma coisa uma, duas ou quinhentas vezes, e de repente você não consegue mais acompanhá-lo, se sentir tão afetado por algo que aos poucos, à medida que você fica mais velho, aos treze anos, em Porto Alegre, morando numa casa com piscina e tendo sido capaz de deixar um colega cair de costas no aniversário, aos poucos você percebe que isso tudo tem muito pouca relação com a sua vida.

30.
Depois que fiquei amigo de João também comecei a olhar para os meus amigos sem entender por que eles tinham feito aquilo, e como eles tinham me cooptado, e comecei a ter vergonha de ter gritado *gói filho de uma puta*, e isso se misturava com o desconforto cada vez maior diante do meu pai, uma rejeição à performance dele ao falar de antissemitismo, porque eu não tinha nada em comum com aquelas pessoas além do fato de ter nascido judeu, e nada sabia daquelas pessoas além do fato de elas serem judias, e por mais que tanta gente tivesse morrido em campos de concentração não fazia sentido que eu precisasse lembrar disso todos os dias.

31.
Não fazia sentido que eu quase tivesse deixado um colega inválido por causa disso, ou porque de alguma forma havia sido influenciado por isso, o discurso do meu pai como uma reza antes das refeições, a solidariedade aos judeus do mundo e a promessa de que o sofrimento dos judeus do mundo nunca mais haveria de se repetir, enquanto o que eu vi durante meses foi o contrário: João sozinho contra um bando, sem se importar de ser humilhado, sem nunca ter dado um sinal que demonstrasse a derrota quando era enterrado na areia, e foi por causa dessa lembrança, a consciência de que a covardia não era dele, e sim dos dez ou quinze que o cercávamos, uma vergonha que grudaria em mim para sempre se eu não tomasse uma atitude, foi por causa disso que decidi mudar de escola no final do ano.

# ALGUMAS COISAS QUE SEI SOBRE MIM

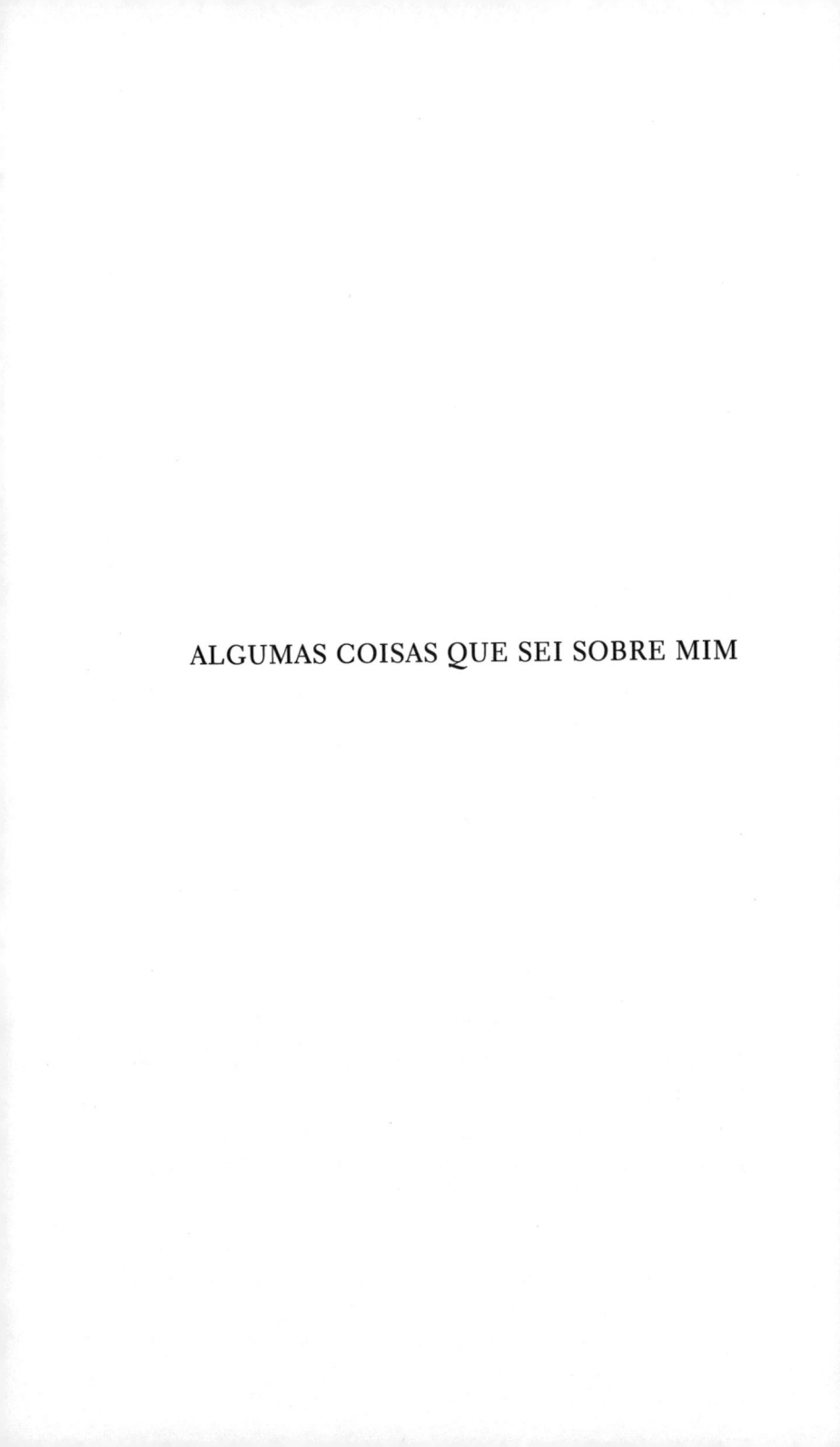

1.
Existem várias maneiras de interpretar os cadernos do meu avô. Uma delas é considerar que não é possível ele passar anos se dedicando a isto, uma espécie de tratado sobre como o mundo deveria ser, com seus verbetes intermináveis sobre a cidade ideal, o casamento ideal, a esposa ideal, a gravidez dela que é *acompanhada com diligência e amor* pelo marido, e simplesmente não tocar no assunto mais importante de sua vida.

2.
Eu só li uma pequena parte dos cadernos, e fui o único a fazer isso além do meu pai. Ele mandou traduzir o material depois da morte do meu avô e nunca contou nada para a minha avó. Até entendo os motivos dele, e até entendo que isso o constrangesse de algum modo, mas para mim o efeito da leitura desde o início foi outro.

3.
Meu pai é um leitor bastante razoável. Apesar disso, não

lembro de ele ter citado mais que dez livros durante a minha adolescência. Talvez não mais que cinco. Lembro de um apenas, *É isto um homem?*, que ele leu numa edição importada, porque ele vivia repetindo as descrições sobre o funcionamento de um campo de concentração, as noites em que Primo Levi dormia dividindo a cama com um relojoeiro, as histórias sobre números altos e baixos, tarefas, uniformes, sopa.

4.
Meu pai citou *É isto um homem?* na primeira briga séria que tivemos. Foi no segundo semestre do ano em que fiz Bar Mitzvah, quando disse a ele que queria deixar a escola. Naquela época as coisas já eram diferentes, eu não andava mais com os amigos de antes, não falava mais com eles e já havia me acostumado quando eles passaram também a me hostilizar: de um dia para outro as pessoas começam a virar as costas, e param de telefonar e se dirigir a você para pedir um lápis emprestado que seja, e em uma semana você já não se sente confiante para conversar sobre isso com ninguém, a condenação que pode muito bem durar a sua vida dentro da escola porque não há nada mais difícil aos treze anos do que mudar um rótulo.

5.
Aos treze anos eu era o aluno que tinha sido chamado pela coordenadora para falar sobre a queda de João. Antes de chamar os pais dos outros envolvidos ela teve uma conversa com um por um de nós, eu fui o último a ir, a sala dela era toda enfeitada com desenhos que as crianças mais novas tinham feito no aniversário da escola. Meus colegas enrolavam a coordenadora elogiando qualquer coisa que vissem na sala, que bonitos esses desenhos, incrível como as crianças de hoje são criativas, isto aqui é uma cruz ou um avião? Meus colegas elogiavam a roupa da coordena-

dora, o penteado, o sorriso dos filhos dela nos porta-retratos, e de nove em cada dez conversas com ela se conseguia escapar sem assinar a ficha de disciplina.

6.

Três assinaturas da ficha davam uma suspensão, mas em alguns casos a pena era aplicada diretamente: dois dias sem vir às aulas, algo não tão grave se não fosse época de provas, e é claro que não foi só isso que mudou a forma como eu era visto na escola. Não foi só porque os outros que deixaram João cair foram punidos, e sim por causa do meu encontro com a coordenadora: eu entrei na sala dela decidido a não dizer nada, a continuar repetindo que havia sido um acidente, mas ela me recebeu sorrindo e ofereceu café e um pedaço de bolo e começou a fazer perguntas sobre o aniversário de João, e eu comecei a lembrar de novo do aniversário, e ela seguiu falando e eu não tinha vontade de elogiar os desenhos e os retratos, e o tom doce que ela usava começou a me deixar inquieto, ela perguntando se eu achava que isso era o tipo de brincadeira saudável, se eu tinha pensado que podia machucar um colega, se eu sabia que a família desse colega tinha dificuldades para conseguir mantê-lo naquela escola, e em algum ponto as perguntas dela e a lembrança do pai de João na festa e a visão do pai de João no parque vendendo algodão-doce para o filho poder dar a festa e ser humilhado pelos colegas na frente da família se misturaram com uma fraqueza, e eu comecei a achar que estava passando mal, e precisava deitar, e precisava de ar porque as janelas estavam fechadas e ela continuava esperando uma resposta até que se deu conta de que eu tinha perdido a cor e quase ao mesmo tempo que botei para fora o café e o bolo e tudo o que havia comido naqueles dias eu disse que a versão do acidente era mentira.

7.
Meu pai perguntou o que havia de errado com a minha escola, e eu não tinha nenhuma disposição para explicar. Eu não queria dizer que depois de passar mal e me recuperar na sala da coordenadora eu dei todos os detalhes para ela, João enterrado na areia, o plano para deixá-lo cair, quem tinha concordado com o plano e como tudo foi executado no aniversário. Eu não queria dizer que a notícia se espalhou em meia hora, e toda a sétima série sabia que eu havia entregado os colegas, e a coordenadora suspendeu a todos menos a mim, que levei só uma advertência.

8.
Nos outros colégios havia um período de admissão que começava em novembro, as provas escritas, a entrevista, a visita, a conversa com a família do aluno. Em Porto Alegre havia escolas de padres, de freiras, escolas alemãs, inglesas, de meninas, de repetentes, e João tinha ido muito bem nos testes de uma que tinha um índice alto de aprovação no vestibular, e por isso não foi difícil para o pai dele conseguir uma bolsa com desconto igualmente favorável.

9.
Eu não tive oportunidade de estudar numa escola como a sua, o meu pai disse. A vida inteira eu estudei em escolas onde não havia judeus. Eu era o único judeu entre quinhentos alunos, ele disse, e você não sabe o que é estudar todo dia sabendo que a qualquer momento alguém vai lembrar disso. Alguém um dia olha torto para você e a primeira coisa que vê é isso. Não adianta você ser amigo de todos porque eles sempre falarão disso. Não adianta ser o melhor em tudo porque eles sempre esfregarão isso na sua cara.

10.

Meu pai dizia que os judeus sempre devem ter profissões que possam exercer em qualquer circunstância, porque de repente você é forçado a deixar o país onde morou desde sempre e não pode depender de uma língua que não é falada em nenhum outro lugar, ou do conhecimento de leis que não se aplicam em nenhum outro lugar, então é bom ser médico ou dentista ou engenheiro ou comerciante porque é isso que vai garantir seu sustento independentemente do que os vizinhos digam de você, e eles dizem o que sempre se dirá dos judeus, você que rouba o emprego dos outros, que empresta dinheiro a juros, que explora, que conspira, que ameaça, que oprime.

11.

Eu estudei direito na faculdade, depois passei para o jornalismo, depois virei escritor, mas nessa época meu pai já tinha parado de esbugalhar os olhos enquanto tentava me convencer de que estávamos na Alemanha de 1937. Aos treze anos era diferente, e porque ele não aceitou minha decisão de acompanhar João na escola nova, porque ele se recusava a voltar ao assunto toda vez que eu insistia, porque as nossas brigas foram ficando piores a ponto de eu estar permanentemente de castigo, e dizer a ele que não estudaria mais no ano seguinte, e que fugiria de casa se ele não mudasse de ideia, e que ele tinha um prazo certo para isso, o dia em que encerravam as inscrições na escola para onde João iria, por todos esses motivos eu comecei a odiar tudo o que dissesse respeito ao nazismo e ao meu avô.

12.

Meu pai mandou traduzir os cadernos do meu avô porque precisava ter um registro dessas memórias, e ele era o único que se interessaria por elas, um filho que lê a descrição do próprio nascimento nas palavras do pai, meu avô dizendo que *o parto coroa a decisão do marido de selar a união com a esposa*, e que não há nada mais feliz na vida de um homem que *o dia que ele acompanha a esposa rumo ao hospital para dar à luz um filho*.

13.
A gravidez da minha avó foi de alto risco. Ela sofria de hipertensão e tinha um problema no colo do útero. Na época era relativamente comum haver complicações, as mortes por eclâmpsia ou infecção hospitalar logo depois do parto eram muito mais frequentes, e não se sabia muito sobre efeitos de diabetes e problemas cardíacos e fumo e doenças virais na saúde da mulher grávida. A forma como as pessoas reagiam ao risco também era diferente de hoje: não era tão incomum que a gravidez fosse interrompida por medo de que pudesse comprometer a vida da mãe, então as descrições do meu avô nessa época são impregnadas desse subtexto, o que fazer em relação à minha avó quando a recomendação do médico foi que ela passasse os últimos meses em casa, na cama, se possível sem se levantar, preferencialmente sem se mexer.

14.
Que decisão tomar em relação a uma gravidez que poderia ter matado a minha avó? O que meu avô disse a ela ao ficar sabendo desse risco? De que forma meu avô tratou o assunto, com que palavras ele demonstrou sua vontade de ter um filho naquele momento, o significado de um filho para ele, a capacidade dele de se dedicar a um filho, de por causa disso esquecer o passado e todas as coisas ruins que tinha visto e sofrido por causa disso?

15.
Os mesmos cadernos que tratam um banheiro público no centro da Porto Alegre de 1945 como *lugar onde vicejam procedi-*

mentos os mais rigorosos de higiene, um açougue com abatedouro de galinhas da Porto Alegre de 1945 como *empresa onde os animais são tratados segundo procedimentos os mais rigorosos de higiene*, um canil da Porto Alegre de 1945 como *local onde são aplicados procedimentos os mais rigorosos de higiene e humanismo em relação aos animais*, esses mesmos cadernos dizem que a decisão de seguir em frente com a gravidez da minha avó foi *tomada sem hesitação, a expectativa de uma nova vida que foi planejada pelo marido desde sempre, seu desejo mais profundo de continuidade e doação amorosa*.

16.
Hospital — *lugar com médicos pacienciosos que explicam à mulher grávida os riscos da gravidez que são baixos e os riscos da operação de cesariana que são baixos também, e os riscos de infecção depois do parto que são inexistentes dados os procedimentos os mais rigorosos de higiene no edifício, que se estendem aos banheiros onde corre água quente e privadas que são lavadas de hora em hora, e aos funcionários que aplicam durante o dia procedimentos os mais rigorosos de higiene tais como o uso de desinfetantes e métodos de esterilização, quarentena também*. No hospital não há problemas que possam perturbar a paz do marido da esposa grávida, cujo filho irá selar a continuidade e doação amorosa dos dois, quando ele deseja caminhar sozinho pelos corredores ou ir para casa e ficar sozinho.

17.
Meu avô segue discorrendo sobre o bebê ideal, os cuidados com o bebê ideal, a relação de um pai com o bebê ideal, uma criatura *pequena e autônoma que não chora no meio da noite e não tem doenças tais como hepatite e resfriados*, e o espanto da leitura é pensar que o volume escrito chega a dezesseis cadernos,

cada um com cerca de cem páginas, cada página com trinta e uma linhas, vinte e oito de altura por dezenove de largura, preenchidos por uma prosa que não deixa dúvidas sobre como o meu avô lidava com suas memórias.

18.
Meu pai nasceu às cinco horas da tarde de uma segunda-feira, um dia que não sei se foi bonito ou feio, frio ou quente, seco ou úmido, porque meu avô não escreveu uma única linha direta sobre isso. Meu avô preencheu dezesseis cadernos sem dizer uma única vez o que sentia em relação ao meu pai, uma única referência sincera, uma única palavra das que costumamos ver nas memórias de sobreviventes de campos de concentração, a vida que segue depois que se sai de um lugar como Auschwitz, a esperança que se renova quando se tem um filho depois de sair de Auschwitz, a alegria que se consegue ter novamente ao ver um filho crescer como resposta a tudo o que se viu em Auschwitz, e o horror de saber que alguém saiu de Auschwitz e passou a gastar todo o tempo livre de forma tão estéril, o exercício inútil e inexplicável de imaginar cada fenômeno da realidade como algo que deveria se transformar no seu exato oposto, até desaparecerem os defeitos, os relevos, as características que permitem que essas coisas e lugares e pessoas possam ser apreciados como de fato são, é impossível que esse horror não tenha alguma relação com Auschwitz e que não tenha se refletido na maneira como meu avô sempre se mostrou para o meu pai.

19.
Eu nunca perguntei ao meu pai que lembranças ele tem de quando era pequeno, se meu avô cantava para ele a música de ninar que os pais judeus cantavam para as suas crianças até a construção de Auschwitz, se meu avô o abraçava como os pais

judeus abraçavam suas crianças até a inauguração de Auschwitz, se meu avô o defendia como os pais judeus defendiam suas crianças em todos os períodos da história até que Auschwitz começou a funcionar a pleno vapor, porque é isso que um pai faz com um filho, ele o protege e ensina e dá carinho e conforto físico e material, e também não posso imaginar que a forma como meu pai lidava com o tema do judaísmo e dos campos de concentração não tivesse a ver com essas memórias — como ele relacionou o que via e sabia e sentia pelo meu avô com o que leu e sabia sobre Auschwitz.

20.
É difícil dizer qual é a primeira lembrança que tenho do meu pai. É possível que você associe um cheiro ou gosto ou sensação térmica com a evocação de algo que você nem teria como guardar na memória, como se estivesse vendo a si mesmo de fora, num berço ao lado da cama do seu pai, e você fala a respeito porque é uma cena relativamente comum, e um sem-número de referências afetivas e culturais fazem com que a relação primeira entre um pai e um bebê seja de alguma forma vinculada a essa cena, o berço e os cobertores e o sorriso de alguém que você intui ou sabe que é tão próximo quanto se pode ser.

21.
Eu não sou capaz de lembrar do cheiro que meu pai tinha quando eu era criança. As pessoas mudam de cheiro com a idade, assim como mudam de pele e de voz, e quando você fala da infância é possível que associe a figura do seu pai com a figura do seu pai como é hoje. Então, quando lembro dele me trazendo um triciclo de presente, ou mostrando como funcionava uma máquina de costura, ou pedindo que eu lesse algumas palavras escritas no jornal, ou conversando comigo sobre as coisas que se conversam com

uma criança de três anos, quatro anos, sete anos, treze anos, quando lembro de tudo isso a imagem dele é a que tenho hoje, os cabelos, o rosto, meu pai bem mais magro e curvado e cansado do que em fotografias antigas que não vi mais que cinco vezes na vida.

22.
Quando lembro do meu pai me proibindo de mudar de escola, a voz que ouço dele é a de hoje, e me pergunto se algo parecido acontece com ele: se a lembrança que ele tem de mim aos treze anos se confunde com a visão que ele tem de mim agora, depois de tudo o que ficou sabendo a meu respeito nessas quase três décadas, um acúmulo de fatos que apagam os tropeços do caminho para chegar até aqui, e o que para mim foi um capítulo decisivo da vida, a briga que tivemos por causa da mudança de escola, para ele pode não ter sido mais que um fato banal, uma entre tantas coisas que aconteciam em casa e no trabalho e na vida dele com a minha mãe e as outras pessoas ao redor durante a adolescência do filho.

23.
Na briga que tivemos por causa da nova escola, eu disse a meu pai que não estava nem aí para os argumentos dele. Que usar o judaísmo como argumento contra a mudança era ridículo da parte dele. Que eu não estava nem aí para o judaísmo, e muito menos para o que tinha acontecido com o meu avô. Não é a mesma coisa que dizer da boca para fora que se odeia alguém e deseja a sua morte, e qualquer pessoa que tenha um parente que passou por Auschwitz pode confirmar a regra, desde criança você sabe que pode ser descuidado com qualquer assunto menos esse, então o impulso que meu pai teve ao ouvir essa referência era previsível, ele dizendo repete o que você falou, repete se você tem coragem, e eu olhando para ele fui capaz de repetir, dessa vez

devagar, olhando nos olhos dele, que eu queria que ele enfiasse Auschwitz e o nazismo e o meu avô bem no meio do cu.

24.
Meu pai nunca tinha encostado a mão em mim, e é possível que eu tenha sido uma dessas crianças estragadas pela falta de limites, um garoto rico de treze anos que não estava acostumado a levar um tapa e aceitar que assim é que as coisas são, e mesmo se o tapa não doesse e eu já tivesse altura ou meios para fazer estrago num confronto físico com o meu pai o normal era que eu me recolhesse diante daquela prova de autoridade. Mas não foi assim que aconteceu: ele partiu para cima de mim, e eu tentei me desvencilhar, então ele me segurou firme e me golpeou repetidas vezes, nas costas, no pescoço, até passar a raiva e aos poucos me largar deitado, com as orelhas fervendo, uma pausa para respirar antes de eu levantar e sentir o corpo todo trêmulo até tomar uma atitude.

25.
Até hoje penso no que teria acontecido se não fosse aquela briga, se por causa dela meu pai não tivesse mudado como que por encanto, e da noite para o dia tivesse deixado de falar comigo sobre o meu avô, como se a briga tivesse criado um entendimento tácito, ele intuindo que estava em jogo não o nazismo e Auschwitz, até porque eu sabia muito pouco sobre o nazismo e Auschwitz, e sim o que eu entendia ser a origem do que aconteceu com João.

26.
Se eu falar hoje com qualquer dos colegas envolvidos na queda de João, é possível que nenhum deles lembre dos detalhes da festa, dos motivos que nos levaram a planejar aquilo, e que nenhum deles faça relação entre o desfecho do plano e o fato de

João não ser judeu, porque as conveniências sociais e as regras de etiqueta e a autoimagem que cada um construiu ao longo dos anos posteriores criaram os mecanismos de defesa que impedem a memória de registrar algo do gênero.

27.
É possível que isso se estenda a todos que tinham alguma relação com a escola, os colegas, os pais dos colegas, a coordenadora, os professores, e que eles cheguem mesmo a dizer que a minha versão da história é distorcida, um registro falso influenciado pelo sentimento da época, o trauma de passar o ano sonhando e sonhando de novo com a queda de João, porque é até ridículo pensar que nos anos 80 uma escola judaica de Porto Alegre pudesse abrigar esse tipo de coisa, um lugar frequentado por filhos de comerciantes e donos de fábricas e profissionais liberais que a vida toda conviveram com não judeus, e não há notícias de discriminação contra judeus na Porto Alegre daquela época, nenhum clube que não aceitasse judeus, nenhum político que falasse mal de judeus, ninguém que diante da família ou de amigos ou de clientes tivesse coragem de dizer qualquer coisa contra judeus, então não faz sentido pensar que o contrário pudesse acontecer também, e se isso foi dito uma vez ou outra numa brincadeira de escola não era motivo para alguém ficar tão abalado e por causa disso mudar o resto de sua vida.

28.
No caso do meu pai, não sei se a mudança se deu pela briga em si, porque naquela noite ele foi dormir perturbado por haver agredido o filho pela primeira vez em treze anos, um abalo na imagem de si mesmo que ele até então vinha construindo, a certeza de que jamais seria capaz de fazer mal a um filho, de que jamais assumiria o risco de machucar um filho, e eventualmente de maneira

mais séria, porque me empurrar e segurar e usar a força do braço e do punho para atingir meu pescoço podia causar não apenas dano mas também uma reação imprevisível — eu não sei se ele foi dormir perturbado por ter me agredido ou por causa dessa reação.

29.
Até a queda de João eu também não tinha feito isto, ou me sentido capaz disto, meu pai na porta olhando para mim ainda perplexo, eu tendo me levantado depois dos golpes dele, eu sentindo a dor e intuindo as marcas dos golpes, uma raiva que eu nunca tinha sentido, e até hoje lembro do susto dele quando peguei a primeira coisa que vi, um desses suportes de durex que são pesados e têm quinas suficientes para furar uma testa ou vazar um olho, e naquele momento era como se eu me vingasse de tudo o que tinha acontecido no ano, os colegas, a coordenadora, o meu pai que parecia tão frágil ao olhar para o suporte de durex na minha mão, e se não fosse ele ter se desviado ou eu ter errado a mira ou uma combinação das duas coisas aquela poderia ter sido a segunda tragédia do ano.

30.
No dia seguinte à briga meu pai contou todos os detalhes da história do meu avô. Eu tinha passado o dia no quarto, e ele bateu na porta e disse que tínhamos de conversar. Ele sentou num banquinho em frente à cama, primeiro um pedido de desculpas, depois uma repreensão educada por minha atitude, um apelo para que aquilo não se repetisse porque ele não tinha mais idade para isso e era preciso poupar a minha mãe, e quase posso jurar que no tom dele havia não apenas culpa ou tristeza ou decepção mas uma forma envergonhada de medo, como se ele tivesse descoberto algo sobre mim, um segredo escondido por anos, a ameaça dentro de casa.

31.
Meu pai falou dos últimos dias do meu avô, e foi o suficiente para eu entender que não deveria mais ser leviano com esse tema. Eu entendi que era algo que deveria respeitar tanto quanto meu pai respeitava meu direito de estudar numa escola nova, e a partir desse acordo tácito a minha relação com ele passou a ser outra: a minha raiva desapareceu naquele dia, e nas semanas seguintes era como se tudo voltasse a ser como antes da queda de João, os jantares, os fins de semana, as conversas em que eu falava pouco e ouvia o que meu pai tinha a dizer agora sem tentar me convencer de nada, sem me condenar por me submeter aos testes de uma escola onde não havia judeus, e ser admitido numa escola onde não havia judeus, e fazer a matrícula e esperar pelo início das aulas numa escola em que eu achava que ninguém falaria sobre judeus, uma história que poderia ter sido congelada ali, esquecida se não voltasse à tona décadas mais tarde, eu já adulto, já tendo saído de casa, já tendo mudado de cidade e me tornado outra pessoa: João, meu avô, Auschwitz e os cadernos, eu só fui pensar em tudo isso de novo quando recebi a notícia da doença do meu pai.

NOTAS (1)

Meu pai me deu um triciclo quando eu tinha três anos, e o som do triciclo era o mesmo de quando se põe uma tampa de margarina presa aos aros de uma bicicleta, e o triciclo era um caminhão e eu prendia um reboque onde botava o que ia achando pela casa, almofadas, pratos, toalhas, velas, um frasco de xampu, e eu dizia ao meu pai que estava fazendo entregas de produtos por várias cidades e ele dizia, o seu avô trabalhava mais ou menos assim logo que chegou ao Brasil.

Em todas as fotos o meu avô está de terno e não dá para ver o número de Auschwitz. Os porta-retratos da minha avó ficavam numa prateleira ao lado da mesa. Os móveis da casa da minha avó eram de madeira escura: cadeiras, uma mesa de chá, uma penteadeira. A cama era estreita e muito macia, e era como os cabelos da minha avó, amêndoa e algodão e um tom de roxo nos fios e eu gostava de deitar ali depois do almoço e ler revistinhas num dia de inverno.

Eu aprendi a ler antes que ensinassem na escola, e meu pai treinava comigo mostrando palavras no jornal e dizendo, que letra é esta, e eram letras de imprensa, diferentes das que eu aprenderia na cartilha da abelhinha que aplicavam na época, barriga para este lado é *a*, sem as costas é *c*, para o outro lado é *b*, a cobra é *s*, e o barulhinho que a cobra faz antes de atacar é *ssssss* mas se está dormindo é *zzzzzz*, e a primeira palavra que li foi *casa*, e a escrivaninha onde meu pai abria o jornal tinha um apontador fixo na borda, com manivela, uma caixa de lápis e o barulho da lâmina cortando a madeira, a força, uma bolha no dedo.

Meu pai explicava como funcionam as máquinas de costura, a linha, o motor, os tipos especiais de agulha para pesponto, botões, malhas estruturadas, bordados, couro, e o tecido que eu botava de olhos fechados entre as mãos e meu pai dizia, o que é, e eu tinha de responder, é linho, seda, este é sintético, e quando eu tinha uns dez anos ia à loja do centro e meu pai chamava um funcionário e me fazia repetir na frente dele, e o funcionário me levava para tomar sorvete enquanto meu pai ficava no escritório falando no telefone e mexendo sem parar na calculadora.

Meu pai me buscava na casa do rabino e sempre perguntava, o que você aprendeu hoje, e eu dizia, não aprendi nada, só decorei um monte de palavras que eu não sei o que significam, e ele dizia, o rabino precisa explicar do que falam estes trechos da Torá. Cada sábado em que alguém faz Bar Mitzvah um trecho diferente é lido, e é só na cerimônia que você toca no pergaminho, a cor muito branca e as letras hebraicas impressas ou desenhadas à mão, os bastões envernizados que sustentam os rolos, a capa de veludo para proteger da luz, e você está de terno e sapatos e *talid* branco com motivos azul-celeste e quipá de camurça com uma lantejoula dourada no topo.

O prédio da minha escola tinha três andares e um muro alto e na calçada em frente havia canteiros de flores em que a pintura estava quase escondida sob uma camada de poeira, e que eram blocos de aço disfarçados chegando a uma profundidade de dois metros e meio para proteger contra atentados a bomba.

João usava sempre a camiseta amassada. Eu nunca o vi usando uma camiseta de marca. Esse foi o meu presente que minha mãe comprou para ele, a moda eram as estampas de surfe, marcas do Rio de Janeiro, uma gaivota, um relâmpago, uma plataforma.

O chão do salão de festas do aniversário de João era de ladrilhos. Quando ele caiu fez um estalo, eu ouvi porque estava perto e porque todo mundo tinha terminado de dar o grito *treze*, foi um instante depois do último *e*, que foi curto, ao contrário do primeiro, que é estendido por entusiasmo ou por hábito ou por raiva mesmo.

Na saída da festa nós pegamos um táxi. Os táxis de Porto Alegre nos anos 80 eram fuscas, e o pedal do freio fazia um barulho de mola velha quando solto, acho que os motoristas gostavam desse barulho, eles soltavam o pedal bem rápido para ouvi-lo. Os motoristas sentavam em pelegos no frio e botavam imagens de santo ou patas de caranguejo na alavanca de mudança.

Enquanto João se recuperava eu ia à escola e passava a manhã sozinho, e no recreio ficava na sala e comia um sanduíche que passei a trazer de casa, e às vezes a térmica com refrigerante vazava porque eu não fechava direito, manteiga e queijo e alface molhado e doce.

No dia em que pedi desculpas a João não lembro se fez calor ou frio. Na primeira vez em que João mergulhou na piscina de casa estava abafado como se fosse janeiro. Toda vez que João ia à minha casa mostrava como estava fazendo os exercícios, trezentas flexões com os braços bem abertos, abdominais e alongamentos, o ginásio da escola tinha uma sala de musculação com aparelhos antigos sem correias nem encosto.

Nas poucas vezes em que fui à sala da coordenadora as fotografias eram as mesmas, o filho dela de chapéu de pirata, a filha bailarina, e os desenhos das paredes não mudavam também: pipas, montanhas, casas com uma janela acima da porta, um sol com olhos e cabelos e sorrindo.

Quando você tem fama de dedo-duro as pessoas olham com desprezo, mas isso nem sempre está na expressão do rosto, em algum movimento da boca ou das sobrancelhas, porque são poucos os que fazem isso de forma direta, e menos ainda os que dizem algo além do que já disseram os envolvidos, os outros quatro que um por um vieram falar comigo e me chamaram de filho da puta.

O movimento que meu pai fez para me imobilizar no dia da briga: braço direito no pescoço, por cima, e esquerdo como auxiliar, para me dar os golpes quando ele soltou meu bíceps.

O suporte de durex que eu joguei nele tinha um rolo pela metade. Era de acrílico, algo como vinte centímetros, talvez dois quilos, e a ponta onde se cortava a fita tinha dentes cerrados de metal.

Meu pai bateu três vezes na porta do meu quarto quando veio falar comigo, no dia seguinte à briga. Meu pai nunca ficou doente quando eu era criança. Nunca ficou doente quando eu tinha quinze, dezoito, vinte e cinco anos, e não lembro de tê-lo visto doente depois que fez cinquenta, cinquenta e cinco, sessenta.

Quando eu soube da doença do meu pai eram três da tarde e eu entrei num bar e pedi uma cerveja. Tomei a cerveja e pedi um conhaque. O conhaque esquentou na hora, álcool de cozinha num dia de sol sob um balcão com salgados e um baleiro colorido.

Eu pensei no meu pai enquanto tomava conhaque. E pensei que precisava parar de beber. E pedi mais um conhaque, e depois mais outro e outro, e passaram horas e chegou um momento em que eu lembrei de novo, eu não poderia mesmo chegar em casa assim porque precisaria me explicar e discutir os detalhes dos exames do meu pai.

As luzes da noite são borradas e você fala sozinho enquanto caminha. É quase uma alegria fazer isso sabendo que ninguém está prestando atenção. Uma quadra antes de um parque. Umidade e fumaça de ônibus. Barro fresco da última chuva. A tábua do banco riscada, nenhum animal por perto, os exames do meu pai num envelope, apenas eu e o silêncio agora, eu deitado e o torpor que está para vir, é só querer, é só fechar os olhos e pensar num lugar escuro e isolado e um balanço morno e lento e constante rumo ao nada.

MAIS ALGUMAS COISAS QUE SEI SOBRE
O MEU AVÔ

1.
Descobri que meu pai tem Alzheimer há dois anos. Um dia ele estava dirigindo a poucos quarteirões de casa e de repente teve a sensação de não saber mais o caminho. Foi um episódio rápido e isolado, mas como ele vinha esquecendo pequenas coisas, onde estavam as chaves, um terno que havia sido mandado para a lavanderia, numa frequência suficiente para ser notada pela minha mãe, ela me ajudou a convencê-lo a procurar ajuda. Eu nunca tinha levado meu pai ao médico e até onde sabia ele costumava fazer exames regulares de sangue, coração, próstata.

2.
O Alzheimer é uma doença cujos mecanismos não são totalmente conhecidos. Sabe-se que duas proteínas têm ligação com o seu aparecimento, a tau e a beta-amiloide, responsáveis pela estrutura celular e pelo transporte de gordura para o núcleo das células. Nos doentes elas se depositam ao redor e no interior dos

neurônios, o que os sufoca. A idade é um dos fatores de risco, e um estilo de vida saudável associado a atividades intelectuais específicas pode adiar a evolução inicial.

3.
Eu gosto de conversar e ler sobre medicina, embora neurologia não seja uma área que me interesse especialmente. Nos últimos anos tive labirintite, gastrite, conjuntivite, sinusite. Tive também um dedo quebrado, uma crise lombar, uma lesão no ligamento anterior do tornozelo, uma catapora tardia. Tive episódios de arritmia e do que os médicos chamam de síndrome de pré-síncope, um mal cardíaco sem maior gravidade cujo tratamento com remédios não vale a pena e cujos sintomas não chegam a incomodar, e há pelo menos um ano tenho tosse frequente e cansaço, o que pode ser atribuído ao estresse ou ao sedentarismo ou ao abuso de álcool.

4.
Eu comecei a beber aos catorze anos, depois que mudei de escola junto com João. Embora já tivesse tomado um ou outro copo de cerveja com meu pai, e uma ou outra taça de vinho em algum jantar de adultos em casa, a primeira vez de verdade foi numa festa logo no início das aulas. Eu não fui direto à festa, e sim à casa de um colega cujos pais não estavam, e quando saímos de lá alguns estavam cantando e falando alto e eu entrei no táxi com uma garrafa de plástico cortada ao meio. Alguém tinha misturado cachaça com Coca-Cola, e era impossível tomar um gole sem prender a respiração, e ao descer do táxi eu senti as pernas meio ocas e nessa hora já estavam todos rindo e foi mais fácil entrar e passar o resto da noite encostado numa parede ao lado de uma caixa de som: eu misturei a cachaça com vodca e um vinho com embalagem de papelão que deixava os dentes roxos e antes

das onze já tinha me arrastado até o jardim e procurado um canto escuro e sentado com a pressão baixa e ninguém me acharia ali depois que eu me deixasse cair sem ajuda porque ainda nem conhecia direito os colegas.

5.
Demorou para os colegas perguntarem se eu era judeu, porque identificar sobrenomes é coisa de pessoas mais velhas e em geral também judias, e o meu não termina em *man* ou *berg* ou qualquer desses sufixos óbvios que dão pistas a quem não sabia onde eu tinha estudado antes. Nas aulas da escola nova o Holocausto era apenas eventualmente citado entre os capítulos da Segunda Guerra, e Hitler era analisado pelo prisma histórico da República de Weimar, da crise econômica dos anos 30, da inflação que fazia as pessoas usarem carrinhos para levar o dinheiro da feira, e a história dos carrinhos despertava tanto interesse que se chegava ao vestibular sabendo mais sobre como alguém precisava ser rápido para que o preço do pão e do leite não subisse antes de passar no caixa do que sobre como era feito o transporte de prisioneiros para os campos de concentração. Nenhum professor mencionou Auschwitz mais de uma vez. Nenhum jamais disse uma palavra sobre *É isto um homem?*. Nenhum fez o cálculo óbvio de que eu, com catorze anos naquela época, certamente tinha um pai ou avô ou bisavô meu ou de um primo ou de um amigo de um amigo de um amigo que escapou das câmaras de extermínio.

6.
Não sei se meu avô leu *É isto um homem?*, e se ter vivido o que Primo Levi narra faz com que o livro soe diferente, e o que para um leitor comum é a descoberta dos detalhes da experiência em Auschwitz para o meu avô era apenas reconhecimento, uma conferência para ver se o que era dito no texto correspondia ou

não à realidade, ou à realidade da memória do meu avô, e não sei até que ponto essa leitura com o pé atrás tira parte do impacto do relato.

7.
Eu não sei como meu avô reagia ao ouvir uma piada sobre judeus, se algum dia contaram essas piadas a ele ou se ele esteve na mesma sala onde alguém as contava, um coquetel ou jantar ou encontro de negócios em que ele estava distraído e por acaso ouviu um fiapo de voz ou de riso que remetia à palavra *judeu*, e como ele reagiria ao saber que foi isso que passei a ouvir aos catorze anos, o apelido que começou a ser usado na escola nova assim que João fez o primeiro comentário sobre a escola anterior, sobre a sinagoga pequena que havia no térreo e os alunos da sétima série que tinham estudado para fazer Bar Mitzvah, e que para mim o apelido teve um significado diferente, e em vez da raiva por uma ofensa que deveria ser enfrentada ou da indignação pelo estereótipo que ela envolvia, os velhos que apareciam em filmes e novelas de TV usando roupa preta e falando com sotaque estrangeiro e dentes de vampiro, em vez disso eu preferi ficar inicialmente quieto.

8.
Não é difícil explicar essa atitude: basta imaginar uma mudança de escola, a passagem de alguns meses em que alguém faz flexões e levantamento de peso e engrossa a voz e cresce dez centímetros antes de aparecer diante de colegas que nunca viu antes, e basta que na primeira semana algum desses colegas mexa com João, e João responde e o colega aumenta o tom e João resolve aumentar também, e parece que estamos novamente cercados no pátio da antiga escola e que o recreio é o mesmo e que o outro colega é o mesmo, só que agora João é mais alto e forte e sabe que

não tem muito a perder além de uma advertência ou de uma ida à farmácia para botar um esparadrapo na testa, eu vendo João fazer exatamente o que deveria ter feito no ano anterior, é só reagir uma vez, é só fechar os olhos e partir para cima de quem o provocou e não largar o pescoço dele ou soltar a mandíbula que arranca um pedaço dele se preciso, uma única vez e ninguém nunca mais vai dizer que você é fraco ou medroso ou gói ou judeu filho de uma puta.

9.
Uma única vez e tudo muda nas semanas seguintes, a primeira festa, João e eu em meio ao pequeno grupo que foi antes à casa do colega cujos pais não estavam, sessenta convidados na festa e esse pequeno grupo chegando um pouco mais tarde, João dez centímetros mais alto e sem nenhum vestígio do que aconteceu no ano anterior, a música, a pista, as meninas, eu e o isopor de gelo e o copo de plástico e a caixa de som, eu bebendo um copo e depois outro e depois um terceiro enquanto João dançava como se nunca tivesse comido areia, chegando perto de uma das meninas como se nunca tivesse sido enterrado na areia, as mãos na cintura, a maneira como ele vira o rosto, o que diz no ouvido dela, João levando a menina pela mão como se nunca tivesse caído de costas no próprio aniversário diante do pai e de sessenta outras pessoas que não acreditariam no que eu estava vendo agora, eu já tendo ido para o jardim da festa, já tendo procurado um canto escuro, eu caído ao lado de uma árvore enquanto o mundo rodava e eu sentia a grama úmida e a garganta e o estômago vendo João se aproximar com a menina e encostá-la na árvore e então se encostar nela também.

10.
O que muda em poucos meses? Dez centímetros a mais de

altura. A voz mais grossa. O rosto de alguém mais velho. Aos catorze anos dá para você ficar forte se fizer flexões e levantar peso e isso já dá uma confiança maior se alguém disser alguma coisa, e só pelo jeito de virar a cabeça está determinado se o que a pessoa disse vai ser só brincadeira ou se nunca mais vai se repetir, e só pelo jeito como você anda e se encosta na caixa de som e se comporta em relação às meninas numa festa está determinado como vai ser o seu resto de ano, você que era maioria no colégio onde os dois estudaram antes, que tinha mais amigos no colégio onde os dois estudaram antes, que fez o que quis durante todos os anos no colégio onde os dois estiveram antes, *judeu*, ou se isso tudo termina e é você que passa a depender do seu amigo, a ser convidado para a casa dos colegas por causa dele, e ser tolerado e aceitar a maneira como começam a tratá-lo por causa da boa vontade dele.

11.
João nunca deve ter lido *É isto um homem?*, e é possível que nunca tenha pensado no que um sobrevivente de Auschwitz diria sobre um diagnóstico de Alzheimer, ao saber que em alguns anos deixaria de lembrar dessas coisas todas, a infância, a escola, a primeira vez que um vizinho é preso, a primeira vez que um vizinho é mandado para um campo de concentração, a primeira vez que você ouve o nome Auschwitz e se dá conta de que ele vai estar com você por muito tempo, os colegas de Auschwitz, os guardas de Auschwitz, os mortos de Auschwitz e o significado dessa palavra indo para um limbo além do presente eterno que aos poucos vira sua única realidade.

12.
Meu pai ficou sabendo que tinha Alzheimer por mim. Eu falei do estágio inicial da doença, do tempo ainda longo antes

que os sintomas se agravassem, e mais eu não pude fazer porque bastam dois cliques e meu pai tem acesso a qualquer site que relata o quadro em detalhes: as fotos dos pacientes, sempre o mesmo olhar e a sensação de que algo está faltando na foto, os familiares fora da cena, atrás da câmera no quarto de hospital ou em algum lugar a quilômetros de distância se possível, numa outra cidade para não correr o risco de fazer uma visita de domingo e se deparar com o pai resumido àquele pijama azul, a figura de cabelo curto e o lençol e o olhar de quem não sabe mais o que é uma câmera, uma fotografia, como um bebê diante de um espelho sem noção ainda de que no reflexo está a imagem que temos e teremos de nós mesmos até que tudo comece a mudar.

13.
A imagem que eu tinha de mim no dia em que dei a notícia do Alzheimer ao meu pai era a seguinte: um homem de quase quarenta anos, que teve um relativo sucesso profissional, e publicou livros de relativa aceitação crítica, e conseguia lidar relativamente bem com gente cuja intimidade conhecia até certo ponto, escritores, editores, tradutores, assessores, agentes, jornalistas, amigos com quem almoçava duas vezes por ano, amigos cujo nome da mulher e filhos seria incapaz de dizer, amigos cujos hábitos e planos e conversas não interessavam mais há muito tempo.

14.
Com quase quarenta anos eu estava no terceiro casamento. O primeiro durou três anos. Eu tinha vinte e um quando nos conhecemos, e me encarreguei de cometer todos os erros que se espera nessa situação, e foi um longo período de incompreensão mútua e hoje eu não sinto nem saudade e nem dor e nem ternura ao lembrar daquela época.

15.
O segundo casamento durou menos ainda, dois anos de um total de seis de namoro que terminaram mais ou menos da mesma forma, mas depois era comum eu lembrar do apartamento em que moramos, das viagens que fizemos, dos amigos que tínhamos em comum, as coisas que ela me contava do trabalho dela e eu contava do meu, os jantares, as manhãs de domingo lendo jornal, eu me encostando nela debaixo das cobertas numa noite em que se ouve a chuva de granizo na veneziana como se o prédio fosse desabar, a família dela, as roupas, os filmes e livros, a voz, o cabelo, a forma dos dedos, o pequeno gemido que ela dava ao se espreguiçar e os infinitos detalhes que se perderam porque nunca mais nos falamos.

16.
Nenhuma das mulheres com quem casei soube de João. Depois de adulto eu nunca comentei a respeito, o início na nova escola, os novos colegas que bebiam, e fumavam maconha, e cheiravam cola e benzina, e saíam à tardinha botando fogo em lixeiras e roubando fichas de telefones públicos, e roubar fichas de um telefone público não é fácil como parece, é preciso arrancar o aparelho e deixar apenas um coto de fio pendurado, e você está perto do colega que faz isso e corre com ele até um lugar seguro onde alguém com uma chave de fenda e um martelo e uma talhadeira arrebenta a armação e a urna até achar um punhado de fichas que nunca terão utilidade, e nada disso deveria ser novo em relação ao que eu já tinha mais ou menos vivido no ano anterior, mas era. A escola nova era um ambiente hostil de outra maneira, e isso não estava só no modo como os colegas me viam e falavam comigo e se dirigiam a mim, mas também no modo como João lidava ou parecia lidar com isso.

17.
João nunca me contou em detalhes como foram os meses seguintes à queda. Ele me perdoou tão facilmente, se tornou meu amigo tão facilmente, aceitou que eu o acompanhasse na mudança de escola, um santo de treze anos que não manifestou estranheza alguma pelo que eu havia feito e nunca contou o que sentiu de verdade durante aquele período: se tinha sonhos também, se à noite revivia o momento da queda como eu revivia, se o som da batida no chão foi o mesmo para ele e para mim, e se ver o cenário de baixo teve o mesmo efeito — se no sonho dele as pessoas na festa estavam de *talid* e quipá, uma formação de exército ao lado de um trono de Davi, e em cima do trono eu estava segurando uma Torá aberta, e é então que a porta se abre e João vê o pai entrar empurrando uma cadeira de rodas, o pai cercado de enfermeiros que olham para João e sorriem e o colocam na cadeira e a cena seguinte é João na sala de aula com as pernas atrofiadas e os pés virados um de frente para o outro e os braços e o tronco fortes de tanto girar as rodas para lá e para cá.

18.
João não ficou sabendo que briguei com meu pai por causa disso. Que joguei o suporte de durex nele por causa disso. Que por um instante houve a possibilidade de eu atingir a testa e deformar o rosto dele, uma operação de malar com anestesia geral e um olho que nunca mais ia abrir porque de algum modo meu pai era responsável pelo que aconteceu com João, aquelas histórias todas sobre o Holocausto e o renascimento judeu e a obrigação de cada judeu no mundo de se defender usando qualquer meio, o inimigo que você nunca deixará de enfrentar, em quem você nunca mais deixará de pensar porque agora ele está numa cadeira de rodas.

19.
Eu nunca contei para João que a briga com o meu pai foi o contato físico mais próximo que tive com ele em treze anos. No dia em que fiquei sabendo do Alzheimer eu fui para um bar e pedi um conhaque e depois outro e depois vários outros e acabei saindo e adormecendo num banco do parque, e quando acordei era dia claro e eu sentia um imenso cansaço em pensar numa forma de dar a notícia ao meu pai, e lembro que uma das coisas que pensei era se eu tocaria nele depois de dar a notícia, se pegaria na mão dele ou poria a minha mão no ombro dele ou daria um abraço ou tentaria abrir um sorriso que significasse o mínimo de otimismo diante do prognóstico que tínhamos naquele momento.

20.
Eu nunca contei para João o que aconteceu comigo depois que o vi caindo. É impossível que ele nunca tenha se perguntado a respeito. Eu não sei se ele imaginou, por exemplo, que me tornei amigo dele por pena. Ou por culpa. Ou por estar sozinho e ninguém mais falar comigo depois da minha conversa com a coordenadora. Ou por qualquer dos motivos que justificariam a mágoa que talvez ficasse escondida não fossem as novas circunstâncias, a nova escola, os novos colegas, o número de amigos que ele nunca tinha tido e que lhe permitiam fazer o que talvez sempre quisesse ter feito, um mês do início das aulas, dois meses e três meses e chega uma hora em que João se dá conta de que não depende mais de mim, de que eu só o faço lembrar do pior momento de sua vida, e ele precisa se afastar dessa lembrança e é então que pode tomar a atitude que estava preparando desde sempre, uma única vez em que deixa de mentir quando os colegas novos perguntam sobre o ano anterior.

21.

Eu não sei dizer se isso aconteceu em março, ou em abril, ou no máximo em maio, João contando a eles sobre a festa de aniversário, uma única vez em que ele deixou escapar em meio às piadas que todos já estavam acostumados a fazer comigo, pelo menos o que soaria como piada hoje, tantos anos passados e tantas vezes em que alguém olhou para mim e falou de dinheiro e de uma conspiração de ratos que infestam as casas desde a Idade Antiga e espalham a discórdia e o ódio entre as pessoas de bem. Eu não estava presente nesse dia, claro, e João talvez não tivesse uma intenção tão deliberada, e talvez não tenha sido de maneira tão direta, mas o fato é que passou a ser de conhecimento público que eu o deixei cair no aniversário, minhas patas de rato judeu se desviando do seu pescoço, meu instinto de rato judeu fugindo no momento da confusão, meu caráter de rato judeu parasita argentário câncer entregando os demais do bando para me preservar e continuar sugando o sangue e a saúde alheia.

22.

No dia seguinte toda a escola nova estava sabendo, mas dessa vez eu já estava preparado, como que anestesiado pelo que tinha vivido no ano anterior e era óbvio que viveria de novo: o assunto que mudava quando alguém me via, o meu nome escrito com giz na parede do corredor ao lado da estrela, e dessa vez eu mesmo me encarreguei de apagar tudo de maneira rápida para que nenhum professor visse, para que a coordenadora da escola nova não me chamasse e manifestasse seu profundo pesar por aquela manifestação de intolerância religiosa e cultural, e para que diante da compreensão da coordenadora eu não corresse o risco de passar mal e num jorro único entregar os colegas que eu achava que tinham feito aquilo, ou mesmo entregar João porque ele devia saber quem estava fazendo aquilo, João que agora falava comigo apenas em aula, ou quando estávamos os dois sozinhos, sem necessidade de demonstrar em público que tinha sido ou que ainda era meu amigo, sem se sentir obrigado a me chamar para nenhuma festa no fim de semana, e aos poucos eu deixaria de saber da vida de João fora da escola, se ele ainda roubava fichas de telefones, se ainda fumava maconha e cheirava cola, se tinha começado a namorar e era o primeiro da classe a fazer isso, e eu passei a ir da escola para casa e de casa para a escola e ficaria afastado de João e de qualquer outro colega e de qualquer outra possibilidade além do estudo e do meu quarto e da minha vida que não mudaria mais pela eternidade da oitava série a cada dia, a cada hora.

MAIS ALGUMAS COISAS QUE SEI SOBRE
O MEU PAI

1.

Dos seiscentos e cinquenta judeus deportados para Auschwitz junto com Primo Levi, seiscentos e trinta e oito morreram em menos de um ano. Dos doze que sobraram, Primo Levi foi o único a escrever um livro, *É isto um homem?*. Ao contrário do meu avô, ele se preocupou em registrar cada detalhe da rotina do campo, desde a chegada, em 1944, até a libertação pelo Exército Vermelho já no fim da guerra.

2.

Antes de *É isto um homem?*, não se sabia que botaram uma placa na entrada de Auschwitz, ao lado de uma torneira: *não beber, água poluída*. O regulamento proibia dormir de casaco, ou sem ceroulas, ou sair do bloco com a gola levantada, ou deixar de tomar ducha nos dias marcados.

3.

As unhas da mão precisavam ser cortadas regularmente, o

que só podia ser feito com os dentes. As do pé eram aparadas ao natural pelos sapatos. Os sapatos eram distribuídos de forma aleatória, e o prisioneiro tinha poucos segundos para escolher à distância um par que parecesse do seu número, já que não eram permitidas trocas posteriores, e segundo Primo Levi essa é a primeira decisão importante a ser tomada, porque um sapato apertado ou largo demais cria feridas que criam infecções que incham os pés e impedem de caminhar e correr e o atrito do pé inchado com a madeira e a lona dos sapatos cria mais feridas e mais infecções que acabam levando o prisioneiro para a enfermaria, e esse é um diagnóstico muito difícil de reverter em Auschwitz.

4.
Primo Levi diz que em Auschwitz a morte começa pelos sapatos, e fico imaginando se ele estava se referindo apenas ao tempo no campo ou às décadas depois de calçar o par que conseguiu pegar naqueles cinco segundos decisivos. Primo Levi morreu aos sessenta e oito anos, em Turim, Itália, depois de ter escrito treze livros, boa parte sobre o Holocausto, e ter sido traduzido em várias línguas, e ter retomado sua carreira de químico, e casar e ter filhos, e receber prêmios e virar uma celebridade literária na Europa e no mundo, e fico imaginando se era nesta escolha, um número maior que o pé, um número menor, talvez o número exato por uma sorte rara e invejável entre o milhão e meio de prisioneiros que passaram pelo campo, que ele estava pensando quando abriu a porta do apartamento e caminhou até a escada e nela caiu numa ocorrência que quase nenhum de seus biógrafos julga ter sido acidental.

5.
A morte começa de muitas maneiras, e não sei se meu avô chegou a perceber isto, a semente, o marco zero a partir do qual passou a não interessar que ele sobrevivesse a Auschwitz nem sei

como, e saísse de lá nem sei em que estado, e se recuperasse na Polônia ou na Alemanha ou não sei nem onde, e desse um jeito de embarcar para o Brasil superando não sei nem que tipo de problema, porque a partir dali estava mais ou menos decidido que ele passaria o resto de seus anos da mesma forma que Primo Levi. A única diferença é que, em vez de ter uma vida familiar aparentemente comum e décadas depois se jogar de uma escada, ele teve uma vida familiar aparentemente comum e décadas depois começou a escrever aqueles cadernos.

6.
*Leite* — *alimento líquido e de textura cremosa que além de conter cálcio e outras substâncias essenciais ao organismo tem a vantagem de ser muito pouco suscetível ao desenvolvimento de bactérias. O leite é o alimento perfeito para ser bebido por um homem quando ele se prepara para passar a manhã sozinho.*

7.
Uma vez vi um filme em que o filho entra no escritório do pai e descobre que todas as gavetas são ocupadas por cigarros avulsos enfileirados em ordem milimétrica, um dia depois de o pai ter tido um colapso e quebrado a porta de vidro do chuveiro, e fico imaginando se algo assim aconteceu com o meu pai quando ele leu a primeira página ou a primeira linha daqueles dezesseis volumes.

8.
*Sesefredo* — *pensão no centro de Porto Alegre que é um estabelecimento amplo e asseado, quieto nas manhãs e aconchegante no início da noite, localizado num prédio que é sólido tanto que sobreviveu a um incêndio e possui bons ângulos em relação ao sol, numa rua repleta de estabelecimentos comerciais de reputação ili-*

*bada tais como um canil e um açougue. O hóspede da Sesefredo que está doente é muito bem tratado graças à gentileza de seus proprietários sempre manifestada em modos compreensivos e cordiais, em alemão e com cuidados os mais rigorosos de higiene durante o período em que por necessidade de saúde e repouso ele não deve ser perturbado quando está sozinho no quarto.*

9.
*Canil — local de corredores longos e iluminados gerido por profissionais de mais alto gabarito humano e social onde são aplicados procedimentos os mais rigorosos de higiene e humanismo em relação aos animais. O homem que frequenta o canil obtém todas as informações que ele deseja sobre a condição de saúde dos animais tais como a situação legal deles e os procedimentos necessários no processo de adoção e ele pode aproveitar o pequeno pátio com grama e um banco de madeira onde impera o silêncio sem latidos ou outros sons desagradáveis para sentar e refletir sozinho.*

10.
*Gravidez — condição em que a esposa passa meses sem doenças e nem sofre riscos tais como doenças no útero ou pressão alta. A esposa descobre a gravidez e comunica imediatamente ao marido para que ele tome a decisão consequente: ter o filho ou não ter o filho? Uma decisão que é tomada sem hesitação por ele porque coroa a expectativa de uma nova vida que foi planejada por ele desde sempre, seu desejo mais profundo de continuidade e doação amorosa. A gravidez da esposa é observada com alegria por ele, acompanhada com diligência e amor por ele e confirma a sorte que ele sempre teve na vida. Na gravidez da esposa ela é orientada pelo médico e pelo marido para que durante a gravidez sejam adotados procedimentos os mais rigorosos de higiene com o uso de álcool e desinfetante na casa, sabão nas roupas, vassoura e esfregão, e panos*

*de várias espécies. A única preocupação da esposa durante a gravidez deve ser cuidar de que o marido possa ter tranquilidade no momento em que ele deseja ficar sozinho no quarto ou no escritório.*

11.

Meu pai falou dos cadernos na conversa que tivemos depois da briga, eu com treze anos. Até então ele guardou isso como um segredo, a vergonha de mostrar para mim ou para qualquer pessoa a prova de que o meu avô passou os últimos anos como era de esperar de alguém que escreve aqueles verbetes — a época em que meu avô não permitia que ninguém entrasse no escritório, e ele passou a estar no escritório o dia inteiro, as jornadas sem fim para completar o que no projeto original deveria ser muito mais do que dezesseis volumes, e imagino o meu avô com planos de cobrir uma enciclopédia inteira, *como o mundo deveria ser* relacionando cada linha de cada página de cada um dos muito mais que dezesseis volumes ao fato de que ele precisava e desejava e só podia dali para a frente ficar sozinho, a minha avó deixando a comida na porta, e às vezes ele dormia lá dentro, e uma vez meu pai se surpreendeu com o tamanho da barba dele, e várias vezes o meu pai ouviu-o falando sozinho, e uma vez meu avô começou a gritar até que a minha avó chamasse dois enfermeiros e a partir daquele dia ele precisou tomar remédios que além de terminar com os gritos não fizeram muita diferença porque ele continuou o tempo todo isolado.

12.

Meu avô nunca falou sobre Auschwitz, e restou ao meu pai mergulhar naquilo que Primo Levi escreve a respeito: os homens que roubam a sopa uns dos outros em Auschwitz, os homens que mijam enquanto correm porque não há permissão para ir ao banheiro durante o expediente em Auschwitz, os homens que dividem a cama com outros homens e dormem com o rosto nos pés desses outros homens e torcem para que eles não tenham pisado no chão por onde passam os que têm diarreia, e a capacidade de Primo Levi em dar dimensão ao que era acordar e se vestir e olhar para a neve no primeiro dia de um inverno de sete meses em que se trabalha em jornadas de quinze horas com água pelos joelhos carregando sacos de material químico ajudou meu pai a justificar os últimos anos do meu avô. É mais fácil culpar Auschwitz do que aceitar o que aconteceu com o meu avô. É mais fácil culpar Auschwitz do que se entregar a um exercício penoso, que qualquer criança na situação do meu pai faria: enxergar o meu avô não como vítima, não como um grão de areia submetido à história, o que automaticamente torna meu pai outro grão de areia diante dessa história, e não há nada mais fácil do que sentir até orgulho por ser esse grão, aquele que sobreviveu ao inferno e está entre nós para contar o que viu, como se meu pai fosse o meu avô e meu avô fosse Primo Levi e o testemunho do meu pai e do meu avô fosse o mesmo testemunho de Primo Levi — enxergar meu avô não como vítima, mas como homem e marido e pai, que deve ser julgado como qualquer outro homem e marido e pai.

13.
A melhor forma de julgar o meu pai é pensar nele a partir da briga, eu com treze anos, depois que ele contou sobre o meu avô e os cadernos e parou de falar sobre o que poderia acontecer numa escola onde não havia judeus. É curioso que ele tivesse passado tanto tempo insistindo nisso enquanto eu estava na escola antiga, que não oferecia ameaça alguma, e tenha desistido justamente na época da escola nova, quando não era incomum eu achar dentro da mochila um papel com o desenho de Hitler. Não é difícil desenhar Hitler, e se você fizer esforço e comparar grafias e traços de trabalhos esporádicos feitos em aula é capaz

até de descobrir quem é o autor, embora talvez não fosse apenas um autor, porque o bigode às vezes era retratado como uma sucessão de linhas paralelas e às vezes como um borrão de pontos, e o quepe podia ter uma aba curta ou ser parecido com o chapéu de um cozinheiro, e a suástica podia ter as hastes duplas e pintadas ou ser análoga aos palitinhos de criança, mas não importava quem fosse o autor ou autores nem se o autor ou os autores de fato sabiam o que significavam os desenhos porque a minha única dúvida era: de alguma forma João sabia ou participava ou mesmo tinha sido o mentor do plano de me presentear com eles?

14.
A oitava série terminou em dezembro, um mês em que Porto Alegre é um atoleiro de calor e umidade, e em seguida há as propagandas de Natal e o réveillon que sempre passávamos na praia. Eu já havia começado a beber escondido: às sextas meu pai saía com a minha mãe, e era comum eu ir até o armário e pegar um pouco de uísque e ficar no meu quarto vendo televisão tonto até dormir. Na praia era mais ou menos assim também, com a diferença de que eu tinha dois ou três amigos de verão, e naquela época eles também tinham se acostumado a comprar cachaça e misturar com soda e Fanta laranja e eu lembro de caminhar no centro vendo os carrinhos de churros e os uruguaios tocando flauta e as crianças gordas do artesanato, dez da noite e o corpo melado de sal antes de irmos ao cinema ver a sessão dupla de kung fu e pornô, um porteiro que não perguntava a idade e quatro horas no escuro vendo um chinês derrotar um a um dos adversários e em seguida uma dona de casa que recebia o carteiro e o entregador de gás e o limpador de piscinas, o sol da Califórnia e as pessoas sorridentes da Califórnia pregando os costumes livres na Califórnia meio século depois de Auschwitz, e o fato de meu

pai nunca mais ter falado a respeito de Auschwitz significava que ele entendia que eu precisava passar por aquilo sozinho, eu no cinema ao lado dos amigos de verão que alguns dias depois me levariam a um puteiro onde uma senhora em nada parecida com a dona de casa da Califórnia nos receberia um a um, e eu fui o último deles, e o quarto era iluminado por um abajur, e o ar tinha um peso quente de esforço, e a senhora pediu que eu tirasse a roupa e deitasse ao lado dela e deixou que eu me cobrisse com o lençol fino que os meus amigos de verão já tinham usado meio século depois de Auschwitz, e eu cheguei perto da senhora e procurei não pensar que aquele também era um teste, e que eu havia me preparado durante semanas para ele, e que eu havia bebido quatro copos de cachaça por causa dele, e que a partir dele talvez as coisas pudessem ser diferentes.

15.
Meu pai deu dinheiro para eu ir ao puteiro. Ele ia para a praia às sextas. Durante a semana éramos só a minha mãe e eu, e no sábado pela manhã ele gostava de pescar. Eu acordava ao meio-dia e quando o encontrava ele já tinha um balde cheio de bagres, que dão no máximo um caldo arenoso, ou papa-terras, e aí dá para pôr no fogo, nós dois à noite sentados ao lado da churrasqueira ouvindo os estalos dos gravetos e do carvão enquanto ele me faz perguntas, como as coisas tinham ido no puteiro, quanto tempo eu passei no puteiro, como era a senhora que nos atendeu, e eu percebia que o importante não eram essas perguntas, e sim a maneira como meu pai as fazia, ele parecendo estar envolvido com o que era a minha vida aos catorze anos, um momento que talvez por acaso guardei e é mais evocativo que qualquer descrição da brisa e do barulho dos sapos e da nossa rua que parecia estar deserta como sempre está deserta quando lembro da casa na praia.

16.

A relação com o meu pai mudou no dia seguinte à nossa briga, na conversa que tivemos sobre o meu avô, os cadernos e Auschwitz, na qual entendi que não deveria mais brincar ou ser descuidado com esse tema. Era algo que eu deveria respeitar tanto quanto ele respeitava meu direito de estudar numa escola nova, e a partir desse acordo tácito os momentos que passei com ele ficaram na memória de forma diferente: o primeiro ano na escola nova, o primeiro verão desde que entrei na escola nova, a ida ao puteiro e a noite em frente à churrasqueira e o fato de eu me sentir mais velho e confiante a ponto de não hesitar na hora de responder ao meu pai, e não ter vergonha de entrar em detalhes sobre a sala do puteiro, o banheiro do puteiro, o quarto e a maneira como eu consegui ter calma para me cobrir com o lençol diante da senhora, e me encostar na senhora, as unhas, a pele, o perfume e o gosto e eu respirei fundo e me deixei levar até cair exausto sem pensar em nada.

17.

Se ao saber do Alzheimer eu citasse a conversa em frente à churrasqueira, é possível que meu pai lembrasse de tudo, e então eu poderia usar isso como uma espécie de teste, fazê-lo descrever os outros elementos da cena, nós dois sentados nas cadeiras de plástico e a pia ao lado da churrasqueira e a lâmpada acima da pia e o muro baixo de tijolos, a minha mãe que apareceu trazendo uma travessa de pão, a maneira como ela se aproximou e meu pai estava de costas e ela deu um beijo na nuca dele e perguntou quanto tempo demoraria para sair a comida, e essa descrição contínua e sistemática talvez pudesse reforçar a memória do meu pai, uma preparação para o próximo teste, eu perguntando tudo de novo dois meses depois, seis meses, um ano até que a resposta passasse a ser hesitante e nos testes seguintes progressivamente mais lenta e em determinado dia ele me olhasse como que surpreso porque aquilo que eu dizia ter acontecido para ele era novidade ou mentira e como novidade ou mentira seria recebido até o fim.

18.
Meu pai tinha casa em Capão da Canoa, a praia do Rio Grande do Sul que concentrava o maior número de judeus, o que incluía as famílias dos colegas da antiga escola, e eu nunca mais falei com nenhum deles.

19.
Em Capão da Canoa eu ia ao cinema, ao fliperama, a um boteco ao lado do fliperama, onde no verão entre a oitava série e o primeiro ano do segundo grau eu comecei a beber todas as noites, e nenhum desses lugares existe hoje.

20.
Os amigos de Capão da Canoa moravam quase todos na minha rua, ou num raio de cinco quarteirões da minha casa, e nos conhecemos como é comum quando se é criança, um pai que apresenta o filho para o filho de outro pai, e os dois filhos ficam lado a lado sem coragem de trocar um cumprimento, e um dos filhos sempre tem na mão uma espada e está entretido com um castelo ou uma serpente de plástico que parece sair sozinha das profundezas da areia, e o outro filho observa que ele combate a serpente com a espada para não deixá-la atacar o castelo, até que em algum momento faz um gesto ou diz alguma coisa como que se convidando para entrar na luta, e a partir daí os dois estarão juntos durante todos os dias de todos os verões de todos os anos em que a casa em Capão da Canoa esteve de pé, mas chegará um momento em que ela será derrubada, e um prédio será

construído, e os pais dos amigos mudarão de praia, e eu nunca mais saberei de nenhum deles.

21.

Eu moro há quinze anos em São Paulo, e está fazendo dois que recebi os exames do meu pai e dormi no parque não só porque não queria pensar no que diria a ele, mas porque não podia voltar para casa daquele jeito. Eu casei três vezes e estava a um passo de me separar de novo e não me sentia nem um pouco disposto a ter uma conversa assim com a minha terceira mulher, porque a última coisa de que precisava era misturar o Alzheimer do meu pai com os problemas que tinha com ela, um período em que me empenhei em arruinar qualquer tentativa por parte dela de me salvar, eu naquele banco do parque, entregue, o céu escuro, o momento que é como um resumo de tudo o que eu havia perdido desde os catorze anos.

22.

Contar esta história é recair num enredo de novela, idas e vindas, brigas e reconciliações por motivos que hoje parecem difíceis de acreditar, eu no fim da oitava série achando que João era o responsável pelos desenhos de Hitler, o traço em si ou a ordem para que alguém os fizesse, ou a sugestão, ou uma risada, ou um murmúrio de reconhecimento que tinha o poder de incentivar os que tiveram a ideia, e na época eu já tinha tentado de tudo para que parassem com aquilo, e não apenas porque limpei a parede com meu nome ou ignorei ou até sorri com benevolência quando mencionaram Auschwitz pela primeira vez, no vestiário depois da educação física, a primeira vez em que alguém disse para conferir se era água que estava saindo do chuveiro, ou quando eu estava na cantina e disseram para não chegar perto do forno, e é tudo muito engraçado e até um pouco ridículo a não ser que faça menos de um ano que seu pai contou a você sobre o seu avô, e mostrou a você os cadernos do seu avô, uma parte deles ao menos, uma página que seja, uma linha ou uma frase que já seria muito mais do que o suficiente.

23.
É um pouco ridículo culpar os cadernos por eu ter observado João e durante semanas tentado achar algum indício de ser ele o responsável pelos desenhos, uma conversa em voz baixa, ele fazendo rabiscos durante a aula, uma ou duas ocasiões em que ele parecia retardar a saída para o intervalo, deixando que a sala se esvaziasse e ninguém pudesse ver se ele quisesse enfiar um pedaço de papel na minha mochila, assim como é ridículo decidir responder na mesma moeda, tentando atingi-lo no ponto que seria tão sensível quanto a história do meu avô, uma tragédia também, um membro da família também, e não me orgulho de ter datilografado alguns bilhetes em casa com esse objetivo, uma tipologia insuspeita num papel insuspeito que eu largaria dentro da mochila de João assim que tivesse uma chance, quatro palavras apenas, *a tua mãe morreu*, ou seis, *tua mãe está debaixo da terra*, ou dezesseis, *os coveiros abrem o caixão da tua mãe e fodem o esqueleto dela todos os dias*.

24.
Não é a mesma coisa que dizer *gói filho de uma puta*, porque esse é um xingamento que tem mais a ver com o agredido do que com a mãe, o equivalente a chamar alguém de verme ou bicha ou pau no cu, e isso considerando que a expressão *filho de uma puta* seja mais forte que a palavra *gói*, e na escola anterior não era esse o caso. *Os coveiros abrem o caixão da tua mãe e fodem o esqueleto dela todos os dias* era outra coisa, e tenho certeza de que foi a primeira vez que alguém disse algo assim para João, o choque dele ao descobrir que alguém poderia pensar nesses termos, e talvez seja preciso definir os termos com mais clareza, alguém dizendo para

João que sabia da morte da mãe dele, e que não se importava com a morte da mãe dele, e que era capaz de fazer piada com a morte da mãe dele, o que era quase como se sentir feliz com isso.

25.
Era o mesmo que fazer um desenho de Hitler? Afinal, este foi o homem que mandou construir Auschwitz, e Auschwitz foi o lugar que meu pai dizia ter destruído o meu avô, então fazer um bilhete com esse tema era dizer que sabia e concordava e estava até feliz com a destruição do meu avô, mas é óbvio que eu não deveria ter respondido daquela maneira. Em primeiro lugar porque não tinha certeza de que João era o autor dos bilhetes, e até hoje eu não posso dizer que tenho, porque apesar de ter achado um deles no dia em que João foi o último a sair da sala, e naquele dia eu fiz questão de não atrapalhar, eu desci para o recreio e corri para a mochila na volta como que ansiando por encontrar algo, e o que encontrei esteve longe de me decepcionar, talvez o mais perfeito dos desenhos que alguém já fez na oitava série, Hitler montado num porco, e eu cheguei a guardar e admirar os detalhes da cena, as patas, o rabo, a estrela de Davi contornando as entradas do focinho, e em segundo lugar porque João não deixaria de reagir da forma que eu esperava.

26.
Poderia ser como com o colega da primeira semana, João vendo em mim a chance de se afirmar novamente, e agora ele era mais forte que eu e tinha mais amigos e eu era o único judeu no prédio e seria fácil juntar a oitava série e o primeiro grau inteiro para vê-lo me arrastar para o centro do pátio, e na escola nova havia um tanque de areia estrategicamente posto ali, e acho até que isso é obrigatório na planta arquitetônica de qualquer escola, um lugar onde se possa enterrar alguém até o pescoço,

onde se possa pisar e chutar alguém mais fraco que está caído e há muito desistiu de se defender, mas eu não esperaria que João reagisse assim. Eu o conhecia o suficiente para saber que ele não reagiria assim. Eu escrevi os bilhetes sobre a mãe dele, um a um, todos os dias, ao longo do tempo que foi necessário, sabendo que esse era o limite: que ele não estava preparado para me acusar por aquilo, e brigar comigo por causa daquilo, porque antes ele teria de falar daquilo, e dizer aquilo em voz alta, e deixar que todos testemunhassem, a palavra *mãe* que eu nunca tinha ouvido da boca dele.

27.
Quem me contou sobre a mãe de João foi o pai dele, na conversa que tivemos na sua casa, no dia em que ficamos só os dois vendo televisão, o programa de auditório com transplantes e muletas, e o pai me perguntou se eu não me arrependia do que fiz no aniversário do filho. A mãe de João morreu antes dos quarenta anos, quando João era pouco mais que um bebê, um câncer que começou no seio esquerdo e se espalhou por ossos e tórax, e nos últimos meses ela ficou quase todo o tempo em casa, o pai preferiu isso a mantê-la no hospital, e depois da morte dela o pai se mudou para um apartamento menor e não levou nenhum dos móveis antigos porque tudo lembrava a mãe, a cama onde ela dormiu tantas vezes antes de morrer, a mesa onde ela comeu tantas vezes antes de morrer, a penteadeira em frente à qual ela se maquiou e arrumou os cabelos e tantas vezes perguntou ao pai de João se estava bonita ou com cara de quem ia morrer.

28.
João não poderia falar dos bilhetes, assim como eu não poderia falar dos desenhos de Hitler, porque ele não iria querer falar da mãe em público, assim como eu não falaria do meu avô. É

fácil adivinhar isso, basta se colocar no lugar do outro, João vendo os bilhetes pela primeira vez, e num dos bilhetes eu cheguei a tentar um desenho, *os coveiros abrem o caixão da tua mãe e fodem o esqueleto dela todos os dias*, uma lápide levantada, cinco homens vestidos de preto, quatro em pé olhando para baixo, um deles dentro da tumba com os olhos e as orelhas e o sorriso de um demônio, e imagino que João tenha desistido de fazer ou mandar fazer ou incentivar quem estivesse fazendo os desenhos de Hitler naquele momento, por causa daquele demônio, ele com as patas na cintura de um esqueleto que era tudo o que restava da memória da mãe de João, nenhuma referência além daquele desenho numa folha de caderno amarfanhada, nenhuma fotografia porque o pai de João se encarregou de jogar todas fora, nenhuma história, e o nome dela nunca mais foi dito em casa, e o pai de João nunca mais casou e nunca mais teve uma namorada e nunca mais pensou em ter filhos porque isso tudo o faria lembrar aqueles últimos meses, a mãe de João na cama e os remédios contra dor que não faziam mais efeito, e eu nunca esqueci a expressão que ele tinha ao me contar essa história, eu com treze anos e o pai de João perguntando, você sabe o que é sentir dor, você sabe o que é passar um dia inteiro gritando de dor, você fez o que fez com o meu filho e nunca pensou que existem pessoas que passam meses gritando de dor porque não há quantidade de morfina no mundo capaz de aliviar, e foi então que a mãe de João tomou a iniciativa, um vidro de remédio a mais, uma hora a mais sozinha, um minuto a mais antes que o pai de João abrisse a porta e falasse com ela e percebesse que algo estava errado e aí não havia mais nada a fazer.

# MAIS ALGUMAS COISAS QUE SEI SOBRE MIM

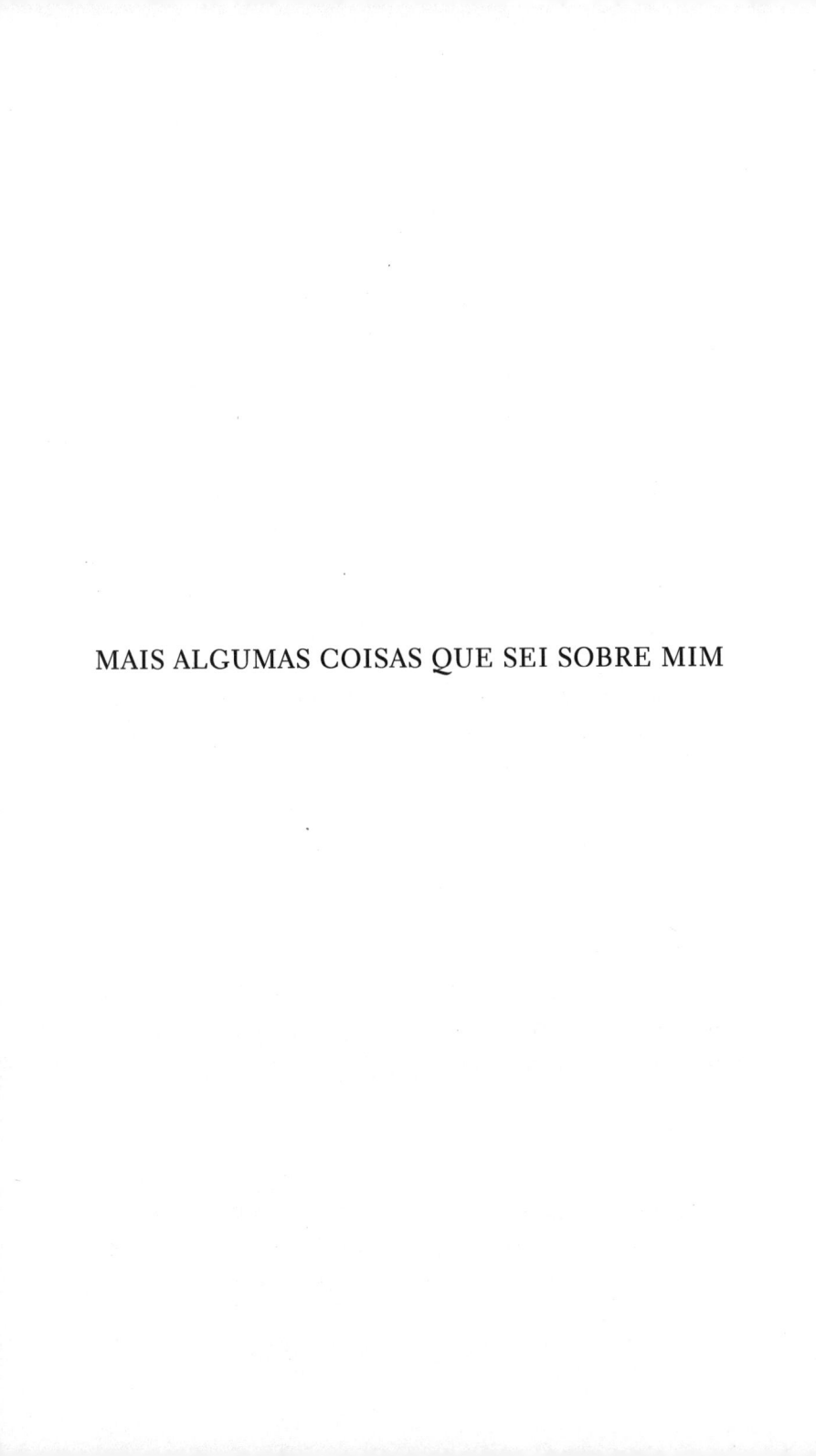

1.
O diagnóstico do Alzheimer é feito em várias etapas. Primeiro é uma consulta simples, o médico pergunta sobre os lapsos de memória do paciente, se ele fuma e bebe, se toma remédios, se teve alguma doença grave e fez algum tratamento ou cirurgia nos últimos anos. O médico ouve os batimentos cardíacos, mede a pressão, pede exames clínicos de orientação e linguagem, e em seguida uma tomografia, e também uma ressonância magnética, e também uma dosagem de hormônios da tireoide, e também de cálcio e fósforo e vitamina B, e também recomenda o PET Scan e o SPECT, uma série de procedimentos para excluir outras causas para os lapsos, como o estresse, a demência, a arteriosclerose, a depressão e o tumor.

2.
A maioria dos pacientes de Alzheimer está na faixa acima dos oitenta anos. Meu pai faz parte dos cerca de três por cento entre sessenta e setenta e cinco anos, e da minoria dos que foram diagnosticados numa fase relativamente precoce dos sintomas.

Nela é possível adiar o ritmo da doença com remédios, cuja função técnica é inibir a acetilcolinesterase, e manutenção de índices baixos de glicemia e colesterol, além de exercícios rotineiros para a memória: sudoku, palavras cruzadas, perguntar ao paciente sobre o que ele acabou de ler no jornal e o que ele fez ou deixou de fazer naquele dia.

3.
É comum ouvir de doentes que resolvem fazer viagens, e se reaproximam dos parentes dos quais estavam afastados, e se tornam mais sábios e flexíveis e tolerantes, e praticam o máximo de boas ações para o máximo de amigos queridos. A primeira coisa que meu pai fez nesse sentido foi dar indicações de que estava se organizando para ninguém ser surpreendido no futuro. Ele me deixou a par das aplicações financeiras, do patrimônio em imóveis, da situação das lojas em termos contábeis e societários. Também começou uma espécie de registro, que inicialmente eu confundi com esses exercícios de memória, um equivalente ao relato do que você comeu no café da manhã, quantas vezes foi ao banheiro, com quem conversou e o que essa pessoa disse e como ela estava vestida e a que horas ela foi embora.

4.
Seria inútil imaginar as razões dele àquela altura, e embora tudo fosse um pouco mórbido eu não poderia me opor ao que virou a grande distração do meu pai: as horas no escritório como o meu avô, um projeto mais ou menos como o do meu avô, um livro de memórias com os lugares aonde meu pai foi, as coisas que ele viu, as pessoas com quem falou, uma seleção dos fatos mais importantes da vida dele durante mais de sessenta anos.

5.
*Nossa família tinha uma casa na praia. Era uma casa grande. Quatro quartos, sala, uma varanda boa. Um gramado grande na frente. As famílias sempre iam de manhã para a praia, por volta de nove, e voltavam por volta de uma, duas horas. Ninguém comia na areia. Não havia quiosques nem vendedores de milho. Não havia bronzeador e a água era muito mais limpa.*

6.
Meu pai sempre gostou de nadar. No verão ele me convidava para caminhar no fim da tarde. A areia dura facilita e dá uma sensação de dor até boa nos pés, você cria casca, nós contávamos os postos de salva-vidas, dez para ir e dez para voltar, depois o banho em frente à nossa rua, a água morna e o corpo levado muito devagar pela correnteza, e você fecha os olhos e solta o ar quando a onda passa, e sente os músculos quando começa as braçadas de crawl e peito, meu pai respirando mais alto que eu, depois da arrebentação é quieto e se enxerga a areia e a luz no poste em frente aos cômoros e ao lado da grama onde está um cavalo magro e cansado e meu pai é magro e também está cansado e o cabelo dele é liso e os lábios como que murchos mas ele está sorrindo e diz com a voz límpida que foi um dia bom e está na hora de voltar.

7.
Na volta o meu pai entra no chuveiro, e eu entro no chuveiro na sequência, e quando saio ele já está preparando o fogo, e eu sento ao lado e é então que temos a conversa em frente à churrasqueira: ele começa falando da técnica de esquentar o carvão por baixo, como uma pirâmide em que você enxerga pontos vermelhos em meio ao negrume até que eles se multipliquem e você espalhe as pedras e libere o centro que já é brasa e calor que não tem perigo de subir em chamas quando a gordura começa a pingar, e então

ele passa a falar do carro e da estrada e da rua sem calçamento, do relógio de luz com defeito ao lado do muro e do conserto que precisa ser feito na calha, e então faz a pergunta sobre o puteiro e eu conto tudo e posso ver o alívio no rosto dele, uma expressão de confiança que em um segundo desarma a dúvida e a ansiedade que eu havia percebido desde o início, porque nunca vi o meu pai falar tanto e de tantos assuntos como naquela noite.

8.
Depois que dou a resposta sobre o puteiro meu pai conta que na época dele havia sido mais ou menos assim, uma senhora de quem nunca mais ouviu falar e cujo nome não seria capaz de dizer.

9.
Meu pai falou das mulheres com quem quis namorar antes de conhecer a minha mãe, uma estudava arquitetura, outra era de uma família próxima, mas não chegou a descrever como eram, o cabelo, a pele, a altura, e até onde sei ele nunca mais falou com nenhuma delas.

10.
Meu pai disse que aquele era um momento especial para mim. Depois perguntou sobre o segundo grau, se eu já tinha pensado que faculdade gostaria de fazer, eu não deveria ter pressa e ele apoiaria qualquer opção minha, e eu deveria pensar apenas no que gostaria de estudar, e não importava dinheiro nem se o vestibular era fácil ou difícil nem o que diziam as pessoas nas novelas e nos comerciais de TV.

11.
Na idade em que você está é bom começar a pensar nessas decisões, ele disse. Meu pai estava preocupado porque eu iria mu-

dar de escola pela segunda vez. Foi no fim do segundo semestre da oitava série, e novamente houve um período de conversas e testes. Eu poderia ter ido para uma escola de maristas, batistas, budistas, jesuítas, pentecostais e umbandistas, mórmons e adventistas do sétimo dia, mas àquela altura meu pai não queria mais saber da orientação religiosa nem do método de ensino, e sim das razões por que eu estava indo embora de novo. Não foi difícil inventar as desculpas que ele queria ouvir, dizer que os professores eram fracos, e só pediam decoreba, e a direção era rígida demais e eu não tinha me adaptado aos colegas, porque tudo isso era melhor que contar a ele sobre os bilhetes e desenhos, sobre a mãe de João e o meu avô.

12.
Falar hoje sobre a mãe de João e o meu avô é apelar para as referências que incorporei ao longo dos anos, os filmes, as fotografias, os documentos, a primeira vez que li *É isto um homem?* e tive a impressão de que não havia mais nada a dizer a respeito. Não sei quantos dos que escreveram a respeito leram o livro, mas duvido que em qualquer desses textos exista algo que não tenha sido mostrado por Primo Levi. Adorno escreveu que não há mais poesia depois de Auschwitz, Yehuda Amichai escreveu que não há mais teologia depois de Auschwitz, Hannah Arendt escreveu que Auschwitz revelou a existência de uma forma específica de mal, e há os livros de Bruno Bettelheim, Victor Klemperer, Viktor Frankl, Paul Celan, Aharon Appelfeld, Ruth Klüger, Anne Frank, Elie Wiesel, Imre Kertész, Art Spiegelman e tantos e tantos outros, mas de alguma forma eles não poderiam ir além do que Primo Levi diz sobre os companheiros de alojamento, os que estavam na mesma fila, os que dividiram a mesma caneca, os que fizeram a caminhada rumo à noite escura de 1945 onde mais de vinte mil pessoas sumiram sem deixar traço um dia antes da libertação do campo.

13.
Falar hoje sobre a mãe de João e o meu avô é deturpar o relato com o enfeite da lógica, da retórica e do ritmo, como quando você sabe que a plateia ficará impressionada se você deixar as cenas violentas para o final, as mais chocantes e cruéis, as que causam mais identificação e pena um instante antes da catarse, e com o tempo e a experiência e a leitura reiterada de *É isto um homem?* você aprende a fazer isso muito bem, e reproduzir isso sem que em nenhum momento sofra de verdade, porque o sofrimento se esgota na primeira ou na segunda ou na terceira vez em que você narra as atrocidades, a voz grave que você aprendeu a fazer quando informa que um milhão e meio de adultos chegaram a Auschwitz, e começaram a trabalhar, e dormiram e comeram sob o regime do campo, e dá para acrescentar que em poucos meses esses adultos estavam pesando algo como cinquenta quilos, ou quarenta, ou trinta, e que os funcionários pegaram um a um desse milhão e meio de adultos de trinta quilos, e caminharam ao lado de um a um desse milhão e meio de adultos de trinta quilos, e abriram a porta da câmara para um a um desse milhão e meio de adultos de trinta quilos, e abriram a torneira que fazia sair o gás na câmara onde um a um desse milhão e meio de adultos de trinta quilos estavam, você pode repetir isso até cansar porque nunca mais vai sentir o que sentiu aos catorze anos, ao voltar para casa depois de escrever o último dos bilhetes sobre a mãe de João, e receber o último dos bilhetes com o desenho de Hitler, e entrar no quarto e sentar na cama e ter pela primeira vez noção do que isso tudo significava.

14.
Eu passei o segundo semestre da oitava série em casa, sem ver um único amigo nos fins de semana, e embora nunca tenha

falado a respeito acho que meu pai sabia sobre as garrafas de uísque no armário: é impossível que nunca reparasse na etiqueta que media as doses, sexta-feira um pouco menos, sábado menos ainda, às vezes durante a semana e seria um pouco ridículo dizer que fazia isso só por causa da mãe de João e do meu avô, embora também não dê para negar a influência deles nas minhas atitudes, eu no quarto, sentado na cama, sabendo que nunca mais escreveria aqueles bilhetes e nunca mais receberia nenhum deles, e que nunca mais falaria com João e ele nunca mais falaria comigo, e que de algum modo isso era um efeito do que havia acontecido com a mãe dele e com o meu avô.

15.
*Família — conjunto de pessoas que dividem a casa com o homem e no convívio coroam o desejo dele de continuidade e doação amorosa, a confirmação da sorte que ele sempre teve na vida. No convívio com ele os membros da família cuidam para que não haja incompatibilidade de ideias e atitudes com ele, o que inclui a observância de procedimentos os mais rigorosos de higiene na manutenção da casa e em itens como alimentação e vestuário, o que inclui cuidado com os alimentos e higiene regular nas roupas usando-se para tanto produtos como sabão e amaciante e na louça da casa o detergente e no chão o desinfetante, o esfregão e panos diversos para remover o pó. Os membros da família devem também observar as regras de convívio no que tange à personalidade do homem, respeitando ele em seus momentos de força e fraqueza e cuidando para que ele seja respeitado quando deseja ficar sozinho no escritório. A família nunca perturba quando ele está sozinho no escritório. A família deve respeitar o direito dele, que pode ser exercido a qualquer dia e hora e sem permissão ou aviso prévio, de permanecer pelo tempo que quiser sozinho no escritório.*

16.
Meu avô perdeu um irmão em Auschwitz, e outro irmão em Auschwitz, e um terceiro irmão em Auschwitz, e o pai e a mãe em Auschwitz, e a namorada que tinha na época em Auschwitz, e ao menos um primo e uma tia em Auschwitz, e sabe-se lá quantos amigos em Auschwitz, quantos vizinhos, quantos colegas de trabalho, quantas pessoas que estariam mais ou menos próximas se ele não tivesse sido o único a sobreviver e embarcar para o Brasil e passar o resto da vida sem dizer o nome de nenhuma delas.

17.
Aos catorze anos eu sentei na cama com a garrafa de uísque que tinha pego no armário porque sabia que o meu avô nunca deixou de pensar em Auschwitz. Meu avô ia comprar pão e jornal: Auschwitz. Meu avô dava bom-dia para a minha avó: Auschwitz. Meu avô se trancava no escritório e sabia que meu pai estava do outro lado da porta, o filho trocando os dentes e ficando um pouco mais alto e você poderia estar junto quando ele usa uma palavra nova, e muda o jeito de terminar uma frase, e ri de algo que você não esperava que ele entendesse tão cedo, e olha para você e você se enxerga no rosto dele com oito e dez e catorze anos, mas você não está ali porque o tempo correu e não houve um único instante em que você fez algo além de pensar naqueles nomes todos, um a um dos que estavam com você no trem e no alojamento e na estação de trabalho e em todos os momentos da temporada em Auschwitz com exceção do dia em que tiraram você de lá.

18.
Faria diferença eu explicar como morreram um a um dos parentes do meu avô? Alguém se abalaria mais ou menos se o irmão, o outro irmão, o terceiro irmão, o pai e a mãe, a namora-

da e ao menos um primo e uma tia, e sabe-se lá quantos amigos e vizinhos e colegas de trabalho e pessoas mais ou menos próximas, se um a um deles tivesse a morte mais ou menos natural em Auschwitz, na enfermaria ou nos campos de trabalho, ou se eles tivessem sido mandados para a câmara, e recebido um cabide para pendurar a roupa, e ouvido a música que os guardas faziam tocar enquanto todos esperavam pelo que seria um banho quente, e enquanto isso as cápsulas de ácido cianídrico exposto ao ar entravam em sublimação para liberar o gás, e o gás era aspirado, e penetrava na corrente sanguínea, e alguns sentiam uma agonia tal que se jogavam contra as paredes em desespero, e demorava um tanto até que todos finalmente caíssem, e fossem arrastados para fora, e postos numa mesa de cirurgia, e tivessem o corpo aberto, e a gordura retirada, e os dentes extraídos, e os olhos arrancados, e os órgãos postos em compartimentos um por um, fígado, rins, pâncreas, estômago, pulmões, coração, e o que sobrou foram a carcaça e os ossos, e a carcaça e os ossos foram jogados em covas, um milhão e meio de buracos cavados e ocupados por esqueletos que um dia foram adultos de trinta quilos e sem nome?

19.
Ou se o irmão do meu avô, e o outro irmão, e o terceiro irmão, e o pai e a mãe, e a namorada e ao menos um primo e uma tia, e sabe-se lá quantos amigos e vizinhos e colegas de trabalho e pessoas mais ou menos próximas, se cada um deles tivesse servido para os experimentos científicos que dizem ter sido feitos em Auschwitz, o contato proposital com gás cloro e gás mostarda, a infecção proposital por hepatite e malária, a indução de hipotermia num tanque de água em temperatura negativa com uma sonda enfiada no reto, um médico que injeta tinta para ver se os olhos do paciente mudam de cor, um médico que costura dois gêmeos, um médico que

costura a barriga de uma mulher com um gato dentro, um grupo de vinte e três médicos que estupra repetidamente a mulher em cujos olhos foi injetado corante e em cuja corrente sanguínea foram inoculados malária e hepatite e tétano, ela com trinta quilos, depois de ser mergulhada num tanque de água e ácido sulfúrico em temperatura negativa com uma sonda no reto e um gato vivo dentro da barriga, os dentes retirados para não ferir os médicos, a gordura extraída para virar sabão, as partes reservadas para uso futuro, fígado, rins, pâncreas, estômago, pulmões, coração, apêndice, traqueia, músculos, tendões, gânglios, unhas, cabelos, pele, gengiva, os ossos empilhados numa vala com outro milhão e meio de esqueletos que um dia foram adultos reiteradamente estuprados e dissecados e submetidos a descargas elétricas e banhados em querosene para ir ao fogo sob o céu de Auschwitz?

20.
Faria diferença se os detalhes do que estou contando são verdade mais de meio século depois de Auschwitz, quando ninguém mais aguenta ouvir falar a respeito, quando até para mim soa ultrapassado escrever algo a respeito, ou essas coisas só têm importância diante das implicações que tiveram na vida de todos ao meu redor?

21.
Eu tenho quase quarenta anos e há dois dormi num banco do parque, bêbado, no dia em que soube do Alzheimer do meu pai, porque não queria que a minha terceira mulher me visse naquele estado e fizesse perguntas e a única maneira de me livrar de mais uma briga e quem sabe do último ato do meu terceiro casamento seria falar sobre a ida ao médico à tarde, e dar detalhes sobre os exames do meu pai, e deixar que ela presenciasse a minha reação ao falar do diagnóstico do meu pai, e talvez contar a

ela tudo o que sabia do meu pai, e tudo o que sabia do meu avô, e consequentemente tudo o que sabia de mim.

22.

Meu avô morreu num domingo, perto das sete horas da manhã, quando os médicos estão em casa e os serviços de emergência dos hospitais estão na mão de residentes ou plantonistas de castigo. Num domingo é mais difícil cuidar da parte prática que segue qualquer morte: a burocracia da liberação do corpo, o aviso aos amigos, o contato com o cemitério, a publicação de um anúncio no jornal.

23.

Não sei se meu pai foi ao enterro. Não sei quanto tempo ele demorou para fazer a relação entre a morte do meu avô e Auschwitz, se foi no mesmo dia, na mesma hora, ou se isso só ficou claro quando ele leu os cadernos do meu avô, o que pressupõe um período entre a descoberta deles e a entrega da tradução que o meu pai encomendou sem a minha avó saber, não sei a quem, não sei com que dinheiro, não sei se com um pedido de sigilo ao tradutor, não sei se deixando claro ao tradutor que ele não deveria fazer nenhum comentário sobre o que estava escrito, porque até então o meu pai não tinha ideia de que meu avô escreveu os dezesseis volumes sem citar uma única vez os parentes que viu morrer, e é possível que ele tenha visto um por um morrendo, o último suspiro, os olhos abertos e sem vida do irmão, do outro irmão, do terceiro irmão, do pai e da mãe, da namorada e do primo e da tia e sabe-se lá de quantos amigos e vizinhos e colegas de trabalho e pessoas mais ou menos próximas, meu pai deixando claro ao tradutor que não queria nenhum comentário sobre qualquer dessas cenas porque nenhuma delas justificaria a cena do meu avô morto às sete da manhã de um domingo.

24.

Aos catorze anos é quase impossível você acordar às sete da manhã, a casa toda em silêncio e você sem mais nem menos saindo da cama e indo ao banheiro e à cozinha pegar algo na geladeira, isso não faz sentido se você não for acordado por um sonho ou pressentimento ou barulho, e todas as vezes em que meu pai falou de Auschwitz acho que ele lembrou exatamente desse dia, meu pai abrindo os olhos (Auschwitz) e pulando da cama (Auschwitz) e abrindo a porta do quarto (Auschwitz) e hesitando ao lembrar do escritório (Auschwitz) onde o meu avô tinha passado a noite e todas as noites desde que se viu derrotado por essas lembranças.

25.

Aos catorze anos eu bebi uísque sozinho no quarto porque também comecei a me ver diante dessas lembranças. Elas estavam nos desenhos de Hitler, nos bilhetes sobre a mãe de João, na certeza de que por causa deles eu nunca mais poderia ser amigo de João, e eu mudaria de escola e eu conheceria outras pessoas e seguiria a vida sem nunca mais saber o que foi feito de João, se ele está vivo (Auschwitz), se continua em Porto Alegre (Auschwitz), se teve filhos (Auschwitz), se virou médico ou advogado ou cobrador de ônibus (Auschwitz), se alguma vez nesses mais de vinte anos percebeu que desenhar Auschwitz era o mesmo que desenhar a doença da mãe dele, porque Auschwitz era para o meu avô o que a doença foi para a mãe dele, e a história do meu avô sempre foi a mesma história da mãe dele.

26.

Uma história que termina e começa com meu pai saindo assustado do quarto, e o quarto dele era ao lado do quarto da minha avó, e não sei se a minha avó estava dormindo ou se tinha acordado também, minha avó sozinha na cama e agora os dois sabem que é preciso seguir adiante, passo a passo pelo corredor, o silêncio da casa e do mundo num domingo de manhã em que o único acontecimento foi aquele estampido, um som que o meu pai nunca mais deixou de ouvir, que estava nas entrelinhas de todas as conversas sobre o meu avô, todas as vezes em que meu pai pronunciou esta palavra, o som seco do estampido em cada sílaba desta palavra, *Auschwitz*, meu pai caminhando até chegar à porta do escritório, e é claro que ela estava trancada, porque até isso o meu avô se encarregou de fazer, dificultar que alguém a abrisse porque assim ganharia um minuto ou cinco ou dez ou meia hora até que achassem um jeito de forçar a fechadura ou dar chutes na madeira e a cada chute o meu pai como que sabia o que iria encontrar do outro lado, porque ele tinha batido na porta e chamado o meu avô e gritado muitas vezes e não era possível que meu avô estivesse dormindo ou simplesmente esperando que a porta fosse arrombada, e não era possível que o estampido seco (Auschwitz) vindo do escritório (Auschwitz) onde meu pai afinal entrou (Auschwitz) depois de usar um pé de cabra (Auschwitz) não fosse exatamente o que meu pai imaginava (Auschwitz), aquilo que ele confirmou ao enxergar pela brecha da porta os cabelos brancos do meu avô e a cabeça dele caída junto com os braços e o tronco e o corpo inteiro sobre a escrivaninha.

# NOTAS (2)

Basta entrar na internet para ler que os cinquenta e dois fornos existentes em Auschwitz não teriam capacidade de queimar quatro mil setecentos e cinquenta e seis cadáveres por dia, média necessária para se chegar ao número total de mortos das estatísticas oficiais.

Há inúmeros textos sobre a impossibilidade de funcionamento das câmaras, por causa da dispersão do gás liberado pelas partículas de ácido cianídrico e da dificuldade de colocar tanta gente no interior de um compartimento desses sem despertar suspeita. O gás mataria os guardas quando entrassem na câmara depois das execuções. Mesmo com um sistema de ventilação milagroso, que eliminasse qualquer possibilidade de contato com o sistema respiratório, ou mesmo se os guardas usassem máscaras, as quais não eram cem por cento eficientes na época, seria preciso lançar a totalidade das partículas para o exterior do prédio, e isso teria matado os que estivessem na direção do vento — guardas, funcionários, oficiais.

Basta um clique, e está lá escrito que não há fotos ou plantas arquitetônicas das câmaras. Que não havia razão para matar prisioneiros que estavam trabalhando para os alemães. Que não havia por que diminuir a capacidade de campos que produziram carvão, borracha sintética, componentes químicos, armas e combustíveis, e o impulso que isso deu à economia do país beneficiando empresas como a BMW, a Daimler-Benz, o Deutsche Bank, a Siemens e a Volkswagen.

Já li que a fome matou não apenas judeus, mas uma grande parcela da população alemã da época. Que a questão não são as mortes, e sim se houve ato deliberado em relação a elas, e que nesse sentido não há um único documento que registre uma ordem expressa para a solução final, nem um único testemunho nazista feito com a assistência de um advogado e sob juramento, o que seria inverossímil em se tratando de uma alegada decisão de cúpula transmitida a generais, coronéis, majores, tenentes, sargentos, cabos e soldados, além de todos os funcionários civis e policiais das máquinas de extermínio.

Já li e ouvi muita coisa nessa linha, e um a um dos argumentos contrários, e poderia falar a respeito indefinidamente porque há gente que dedicou a vida inteira a formular essas perguntas e respostas, mas a questão que interessa aqui não é se o número de mortes foi inflado. Não é se as mortes aconteceram exatamente como na versão oficial. Não é se com base nessa versão se criou o que algumas pessoas chamam de indústria. Não é se o que essas pessoas chamam de indústria serve hoje para justificar qualquer tipo de opressão ativa que, com um tanto de elasticidade retórica e moral, daria para comparar à opressão sofrida na Segunda Guerra.

A questão aqui, na verdade, é que qualquer eventual mentira relativa ao tema, e mesmo que em essência o tema continue tendo a mesma gravidade, porque se Auschwitz tivesse matado uma única pessoa por causa de etnia ou religião a simples existência de um lugar assim poderia ter a mesma gravidade, qualquer imprecisão ou mentira mínima ou grandiosa não faria diferença para o meu pai — porque Auschwitz para ele nunca foi um lugar, um fato histórico ou uma discussão ética, e sim um conceito em que se acredita ou deixa de acreditar por nenhum outro motivo a não ser a própria vontade.

NOTAS (3)

Meu pai não tem o mesmo nome do meu avô. Eu não tenho o mesmo nome do meu pai. Há uma série de coisas que não herdei dele também: o cabelo, o nariz, a grafia. Também não faço cálculos de cabeça com números altos, nem gosto de ouvir rádio pela manhã, o mesmo programa todo dia, um modelo de pilha em volume baixo com um locutor que fala da violência e do trânsito e da roubalheira na Câmara dos Deputados enquanto meu pai come pão e uma fatia de queijo fazendo um barulho intercalado de mastigação que irrita a minha mãe há cerca de quarenta anos, e por boa parte da manhã ela reclama porque ele não recolheu a louça e não atendeu o telefone e não foi capaz de responder a uma única pergunta dela nesses mesmos quarenta anos, e por volta de dez ou onze horas os dois já estão conversando normalmente e planejando uma viagem para algum país onde ele possa passar ao menos uma tarde enfurnado em lojas de artigos eletrônicos enquanto ela compra roupas e presentes e ele reclama porque daria para encher um terminal de carga com tanto pacote para gente de quem ninguém nunca ouviu falar.

Do meu pai eu herdei a cor dos olhos (castanhos, meio amarelos em dias de muita luz), o hábito de ler (ficção no meu caso, não ficção no dele), alguns dos pratos preferidos (churrasco, queijo derretido, arroz misturado com molho de carne e gema de ovo). Sou teimoso como ele também. A descoberta do Alzheimer foi o único momento desses quarenta anos em que pensei de verdade nessa teimosia, se é que dá para chamá-la assim, e se é que dá para creditar a ela o fato de eu ter chegado a essa idade tendo contado ao meu pai a maioria das minhas histórias, cada decisão que tomei sobre o que na época parecia relevante, o aluguel de um apartamento, a escolha de uma profissão, a mudança de carreira e de cidade, o início e o fim de dois casamentos, os livros que escrevi e as coisas de que mais gostei e aquilo que num telefonema semanal para Porto Alegre resumia o que eu achava que seria gentil contar para ele, ao menos no sentido de distraí-lo e distrair a mim mesmo para que nenhum dos dois precisasse dizer nada sobre o fato de que dali para a frente seria mais ou menos aquilo, meia hora de conversa por semana e mais uma ou duas visitas por ano em que passaríamos um dia rápido e agradável fingindo que o tempo não passou, e que para sempre seria possível eu continuar escondendo dele o meu segredo mais importante, aquilo que de alguma forma sempre definiu o que sou, e que de alguma forma também só pode ser explicado por um conceito — uma verdade, uma mentira ou as duas coisas, depende de como você reage a uma cena como a do meu avô caído na escrivaninha.

A QUEDA

1.

Minha bebida preferida já foi uísque. Uma época era vodca. Eu passei por muitas fases de coquetéis: bloody mary, dry martini, mojito. Ao longo dos anos desenvolvi uma especial intolerância a champanhe. Cerveja eu gosto de tomar, mas não consigo em quantidades grandes. Nunca fui chegado em licor. Idem qualquer bebida com gosto de xarope, do tipo Campari ou Underberg, ou feita de anis: tenho especial intolerância ao gosto de anis.

2.

Vinho é bom. Steinhäger faz muito tempo que não bebo. De rum puro eu não sou fã. Cachaça é mais raro. Gosto de conhaque. Gim. Bourbon. Pisco. Ponche. Sangria. Saquê. Tequila. Vinho do Porto. Single malt. Hi-fi. Mint julep. Sea breeze. White Russian. B52. Pula macaco. Alexander. Sex on the beach. Piña colada. Croco. Rictones Vincenzo.

3.
O primeiro sinal de que você tem algum problema com bebida é o fato de que metade das suas conversas giram em torno do assunto, e noventa por cento dessas conversas em torno do fato de que agora você não bebe mais tanto, e você pode passar anos dizendo que esteve numa fase pesada mas agora maneirou e dorme cedo e começou a fazer esporte, e que é perigoso ficar dirigindo por aí como você andava fazendo, e que você realmente pensou que não chegaria aos quarenta se continuasse daquele jeito, e você diz isso com o tom dessas pessoas que sempre têm uma história passada num banheiro ou na sarjeta ou num aniversário em que todos se espantaram porque você atravessou uma porta de vidro e não sofreu nada além de um pequeno corte no nariz, mas quando você já casou três vezes e está prestes a se separar de novo claro que isso tudo já perdeu boa parte da graça.

4.
Eu acordei com o pescoço duro e a claridade. Não eram mais de sete quando percebi que tinha passado a noite no parque. O envelope com os exames do meu pai estava intacto, e nessa hora você não pensa em virar para o lado e dormir mais um pouco ou levantar e caminhar até uma banca de revista ou padaria onde pedirá café e dará instruções sobre o ponto em que o pão deve ser tirado da chapa. Você não pensa em nada embora precise cumprir essas tarefas uma a uma, cada mordida, um gole com cuidado para não queimar a língua, a ida ao banheiro para lavar o rosto, a conta paga com cartão de débito, e dois anos depois eu sei que no momento em que abri os olhos as coisas já haviam mudado, a primeira manhã em que levantei com a consciência da responsabilidade, como meu pai passaria os dias, quem cuidaria dele.

5.
Meu pai começou a escrever as memórias logo depois que soube do Alzheimer. Eu nunca perguntei a ele o motivo, não só porque não queria estragar uma distração sempre saudável nesses casos, mas porque o significado daquilo, considerando a forma como ele escrevia e as coisas que estavam ditas ali, era um tanto óbvio.

6.
*Eu já tinha visto ela na praia. Eu perguntei isto para ela: a sua família não veraneia em Capão? Onde fica a casa de vocês? Onde vocês ficam na praia? Eu gosto de nadar no mar e também em piscina térmica. Ao mesmo tempo eu esperava a próxima música. Quando começasse a próxima eu convidaria. Estava escuro no salão. Eles tinham posto um globo de luz no canto de trás, ficava girando. Eu conhecia metade das pessoas. Elas me conheciam também, eu acho. Estava todo mundo olhando para mim. Tinha que usar gravata naquela época. Nenhum homem sem gravata no salão.*

7.
Talvez meu pai tenha imaginado que podia ser como um exercício, um equivalente às palavras cruzadas, as frases servindo para estender a lembrança das coisas, como quando você faz anotações em aula e depois estuda e tudo o que o professor disse passa a ser o que você lê nessas anotações, mas no fundo eu não acredito nisso. Ninguém escreve um livro de memórias por causa disso, sabendo que no futuro será incapaz de ler por causa de uma doença, a não ser que tenha chegado ao ponto em que meu avô chegou ao escrever o dele.

8.
Meu pai só contou sobre a morte do meu avô uma vez, depois da briga que tivemos, eu com treze anos, mas foi o sufi-

ciente para imaginar como foi abrir a porta do escritório, ele com catorze, um instante antes de dar um passo e se dirigir à escrivaninha, e eu nunca perguntei o que havia sobre a escrivaninha, papéis, canetas, se meu avô deixou um bilhete e se preocupou em forrar o carpete ou se posicionar para que os respingos não manchassem a parede, e seria preciso contratar pintores e acertar o preço e tratar aquela mancha como se tivesse sido um descuido numa festa, alguém que tropeçou e deixou cair uma taça de vinho e ninguém se machucou nem mudou a vida por causa disso.

9.
Eu imagino o meu pai com catorze, dezesseis, dezoito anos, os dias divididos entre a escola e a loja, os jantares em silêncio com a minha avó, a faculdade de administração, meia dúzia de amigos, meia dúzia de namoradas e o baile onde ele conheceu a minha mãe, e é impossível que na aproximação com a minha mãe não houvesse a sombra daquela manhã de domingo, não só no que qualquer um concluiria a respeito, a inevitabilidade daquele desfecho diante da vida que meu avô teve, diante das lembranças do meu avô, e desculpem se preciso voltar mais uma vez a este assunto, e dizer mais uma vez essa palavra, e evocar mais uma vez o significado dela, *Auschwitz*, mas também em relação ao futuro.

10.
Desculpem se repito que Auschwitz ajuda a justificar o que meu avô fez. Se é mais fácil culpar Auschwitz do que aceitar o que meu avô fez. Se é mais cômodo continuar listando os horrores de Auschwitz, e tenho a impressão de que todos estão um pouco cansados disso, o número de sobreviventes de Auschwitz que acabaram exatamente como Primo Levi e o meu avô, e

uma vez li uma longa reportagem a respeito, alguém no México, alguém na Suíça, no Canadá, na África do Sul e em Israel, uma irmandade de senhores de noventa anos que viviam sozinhos num quarto de pensão, uma epidemia de senhores de noventa anos numa cidade e num país e num mundo onde não conheciam ninguém e ninguém mais se lembrava de nada, e desculpem se pensar nisso é mais simples do que se entregar a um exercício óbvio: imaginar que meu avô fez o que fez não só por causa de Primo Levi e desses senhores, por ser como Primo Levi e esses senhores, por não ter como escapar de um fim como o deles, mas por um motivo que tinha estreita ligação com o meu pai.

11.
Em trinta anos será quase impossível achar um ex-prisioneiro de Auschwitz.

12.
Em sessenta anos será muito difícil achar um filho de ex-prisioneiro de Auschwitz.

13.
Em três ou quatro gerações o nome Auschwitz terá a mesma importância que hoje têm nomes como Majdanek, Sobibor, Belzec.

14.
Alguém lembra se morreram oitenta ou oitenta mil pessoas em Majdanek, duzentas ou duzentas mil pessoas em Sobibor, quinhentas ou quinhentas mil em Belzec? Faz diferença pensar em termos numéricos, no fato de que Auschwitz e os campos que seguiram o seu modelo mataram cerca de seis milhões de judeus?

Para o meu pai importava que não fossem apenas seis milhões de judeus, e sim vinte milhões somando-se aí ciganos, eslavos, homossexuais, deficientes físicos, deficientes mentais, criminosos comuns, prisioneiros de guerra, muçulmanos, ateus, testemunhas de Jeová? Ou que não fossem vinte milhões, na verdade, e sim setenta milhões considerando-se as baixas gerais da guerra, consequência direta e indireta das ações dos que construíram Auschwitz, entre ingleses, russos, franceses, poloneses, chineses, americanos, gregos, belgas, espanhóis, ucranianos, suecos e até mesmo japoneses, italianos e alemães? O que isso tudo dizia para o meu pai? No que isso justificava o fato de o meu avô ter feito o que fez sem por um instante se lembrar dele, do que seria a vida dele a partir dali, do que ele teria de carregar dali para a frente?

15.
Meu pai cresceu como filho do meu avô, e não vou repetir os argumentos da medicina e da psicologia e da cultura que demonstram o quanto um modelo assim pode ser danoso, a figura paterna que fez o que fez, que largou o filho da maneira como largou, então imagino o peso para o meu pai de coisas simples como a escola e a loja, os jantares em silêncio com a minha avó, a faculdade de administração, meia dúzia de amigos, meia dúzia de namoradas e o baile onde ele conheceu a minha mãe, o peso de sair do baile pensando nela, a primeira vez em que ele ligou para ela e combinou uma ida ao cinema e a buscou em casa e pegou a mão dela e conheceu a família e ficou mais íntimo a ponto de comentar a possibilidade de alguns anos depois eu nascer dessa união.

16.
Eu imagino o que meu pai sentiu quando estava no hospital, a minha mãe em trabalho de parto, se para ele foi um momento diferente do que é para qualquer pai, se ele teve de fazer um es-

forço extra para cumprir esse papel, as falas e gestos, as emulações de presença e apoio, as demonstrações externas de carinho, os abraços externos, o sorriso externo para além do fato de que ele talvez pensasse no meu avô, e acordasse diariamente com medo de repetir o meu avô, e olhasse diariamente para mim pensando que eu poderia me tornar o que ele era caso ele se tornasse o que foi o meu avô.

17.
Eu sou o que sou desde muito cedo, e me pergunto se faz sentido continuar citando Auschwitz nesta história. Se talvez não faça sentido culpar Auschwitz pelo que aconteceu com o meu avô, e consequentemente pelo que aconteceu com o meu pai, como fazer uma ligação entre isso tudo e o fato de que nunca mais falei com João? Menos de um ano depois que ficamos amigos eu era capaz de escrever um bilhete sobre a morte da mãe dele, e usar a morte da mãe para evitar ter um confronto físico com ele, porque ter um confronto físico seria novamente agir contra a integridade dele, e ser novamente capaz de fazer o que fiz no aniversário dele, porque numa briga você não pensa tão diferente do que quando deixa alguém cair de costas enquanto a festa toda canta parabéns, a mesma intenção, o mesmo resultado se tudo der certo, se eu conseguisse atingi-lo durante a briga, se em frente à oitava série inteira eu conseguisse dar um soco ou derrubar e chutar e pisar e cuspir na cara dele até deixá-lo caído para nunca mais levantar.

18.
Eu escrevi o último bilhete sobre a morte da mãe de João, e voltei para casa e roubei a garrafa de uísque no armário, e me tranquei no quarto e sentei na cama, e respirei fundo antes de beber o primeiro gole sabendo que nunca mais daria sequer oi

para João. Eu andaria pelos corredores desviando o rosto do dele, e pelo resto da vida nunca mais teria uma conversa em que citasse o nome dele, porque isso lembraria o que fui capaz de fazer uma vez e de novo e de novo com ele, e como o impacto dessa descoberta poderia ser amenizado ou justificado pelo que eu tinha recém aprendido sobre Auschwitz, mesmo que Auschwitz seja considerada a maior tragédia do século xx, o que inclui milhões de pessoas que morreram em guerras e massacres e regimes de toda a espécie, uma exposição burocrática de estatísticas sobre vítimas que desapareceram há tanto tempo e que, mesmo o meu avô, e até o meu pai considerando o que ele acabou sofrendo indiretamente em virtude disso, jamais teriam uma fração da importância que João tinha para mim aos catorze anos?

19.
Eu comecei a beber nessa época, e poderia até listar o que arruinei por causa disso nos anos seguintes. Um emprego, porque não conseguia acordar cedo. Um carro, que destruí num acidente em que o carona fraturou o braço. Meus dois primeiros casamentos, que de alguma forma terminaram por causa disso.

20.
Minha primeira mulher é de Porto Alegre, e morávamos no apartamento dela antes de eu me mudar para São Paulo. Eu não cheguei a terminar a faculdade de jornalismo quando recebi o convite para trabalhar numa revista. Ela era psicóloga, tinha um consultório montado e desde o início sabíamos que a vinda dela era uma possibilidade remota, assim como minha volta para uma cidade onde em breve não teria mais nenhum amigo nem coisa alguma a fazer, e então foi questão de tempo para que eu começasse a ensaiar uma conversa previsível, o feriado em que cansei

de esconder que já tinha conhecido aquela que viria a ser a minha segunda mulher.

21.
Nesse feriado eu contei tudo, foi logo ao acordar, em Porto Alegre. Eu voltaria para São Paulo à tarde. Nos feriados nós passávamos as manhãs na cama. Minha primeira mulher lia o jornal comigo. Ela achava que por eu ser jornalista estava interessado em discutir os cadernos, as colunas, os classificados. Nós almoçávamos em casa, ela gostava de cozinhar e o meu voo era quase sempre no fim da tarde, o horário possível porque na manhã seguinte eu precisava estar no trabalho, e por volta de cinco horas ela me levava até o aeroporto e eu sempre imaginava como seria a última vez, se ela me daria essa carona, se haveria um abraço ou beijo na despedida, no saguão ou em frente à placa do embarque doméstico, ou se eu sairia sem olhar para trás e desceria de escada para chegar mais rápido à rua e dali arrumar um táxi enquanto ela olhava para a porta fechada e o apartamento vazio e a cama desfeita e então podia sentar e se encolher e respirar fundo e fechar os olhos e então como que desabar numa agonia que derrota todas as partes do corpo.

22.
Eu dei a notícia da forma mais objetiva que consegui, e embora pudesse falar sobre tristeza e pena e culpa a lembrança mais nítida que tenho da época é de uma sensação envergonhada de alívio, e de tudo o que aprendi nos anos que passei com a minha primeira mulher, quer dizer, as lições que um primeiro relacionamento traz, a primeira vez que alguém diz que gosta de você, a primeira vez que você aceita isso, e como você lida com isso, e como se comporta diante da infinidade de problemas que isso traz, o jeito como você fala, a maneira como se veste, o quanto você é egoísta, o quanto é descuidado e mentiroso e manipula-

dor, o quanto é inconstante e imaturo e inconfiável em aspectos tanto afetivos quanto comezinhos do dia a dia em que só reforça a carga de opressão sobre a outra pessoa, enfim, de tudo o que aprendi nos anos em que não parei de ser acusado e julgado e condenado pela minha primeira mulher, pelo que era e nunca deixaria de ser por falta de esforço e comprometimento em relação a ela, nada é mais importante que a certeza de que fiz a coisa certa naquela manhã de feriado.

23.
Com a minha segunda mulher foi diferente, não só pela obviedade de que ela era outra pessoa, e só o fato de ter sido casada antes e ter quase trinta anos quando a conheci e não ser psicóloga e por consequência não usar nenhum jargão e nenhum truque em nenhuma conversa durante os seis anos que passamos juntos já era uma vantagem, mas porque eu tinha mudado também: ninguém passa incólume por uma separação, e ninguém entra num segundo casamento sem ter ao menos ideia do que está ou não preparado para sofrer. É mais fácil impor limites assim, e um acordo tácito ou expresso é suficiente para que você não precise esconder alguns de seus hábitos, como o de frequentar sozinho lugares onde há pessoas também sozinhas, e basta dizer olá para elas, basta arrumar um motivo para estar ali, no balcão em frente a uma parede de espelhos cheia de garrafas coloridas, e então não há como voltar esta noite ou no dia seguinte durante meses e anos em que você entra em casa e olha para a sua segunda mulher e como que não acredita que é possível um tamanho esforço de compreensão.

24.
O problema do meu segundo casamento nunca foi esse acordo, até porque minha segunda mulher tinha liberdade tam-

bém, e o saldo banal disso é que em seis anos eu devo ter estado com um número qualquer de outras mulheres, e ela deve ter estado com um número qualquer de outros homens, e tudo foi feito dentro de regras possíveis de discrição e respeito. O problema do meu segundo casamento foi que, apesar da ausência de brigas, e da cooperação mútua, e do quanto a minha segunda mulher era generosa, e do quanto essa qualidade a ajudou a passar tanto tempo esperando pela mudança, o dia em que eu tomaria a atitude, o ato histórico de não me deixar cooptar mais uma vez, o álcool respirando na roupa e no corpo, aquilo em que eu fazia questão de me transformar nessas ocasiões, tente levantar e conversar e olhar fixo para um ponto e uma única vez não terminar da mesma maneira, com o mesmo aspecto e as mesmas desculpas ao chegar em casa, apesar de tudo isso eu nunca fui apaixonado por ela. A minha segunda mulher sabia disso. Ela sempre soube, na verdade, e aguentou o quanto conseguiu até desistir e conhecer alguém e tratar de ir adiante e eu nunca mais ter notícias dela.

25.
Segundo a Organização Mundial da Saúde, o alcoolismo causa danos físicos, espirituais e mentais. Há estudos que estabelecem médias adequadas de consumo, cruzando variáveis de tolerância e dependência relativas a gênero, peso, raça e contexto cultural em que o doente vive, mas não é difícil perceber o quanto alguém se enquadra ou não no modelo. Uma vez li um livro que caracteriza a depressão como incapacidade de sentir afeto, e talvez dê para fazer algum tipo de analogia com a bebida. Não num sentido orgânico, químico, mas no resultado que você aceita antecipadamente a cada vez que está encostado num desses balcões coloridos, a cada vez que entra num carro ou num apartamento ou num banheiro com uma pessoa que com sorte terá

de você um sorriso, ou um sussurro, ou um gemido que é um misto de cansaço e tristeza pelo que em dois minutos acabará para sempre, e se com a minha primeira mulher eu consegui disfarçar, porque na maior parte do tempo estava em São Paulo e ela em Porto Alegre, a partir daí a história muda: minha segunda mulher que foi embora também por isso, minha terceira mulher que conheci também por isso, uma relação que desde o início nunca deixou de girar em torno disso.

26.
Quando recebi os exames do meu pai era nisso que eu estava pensando. O dia em que conheci minha terceira mulher. O dia em que tive a primeira conversa séria com ela sobre o assunto. O dia em que percebi que ela não estava disposta a fazer concessões a respeito, e como ao longo do namoro e do casamento o tema bebida nunca foi esquecido, e na verdade sempre foi a raiz das brigas, das primeiras crises, das primeiras ameaças, o número de vezes em que ela passou horas esperando até que eu entrasse em casa e tratássemos de fazer o que fizemos durante todo aquele tempo, as mesmas discussões e as mesmas madrugadas que passamos da mesma forma por fraqueza ou compulsão.

27.
Minha terceira mulher e eu tivemos a última dessas madrugadas alguns dias antes de eu ler os exames do meu pai. Eu dormi no parque quase que por acaso, porque é óbvio que poderia ir para um hotel ou mesmo voltar para casa, e com uma notícia como a dos exames ela talvez não me recriminasse por ter bebido novamente, mas eu não queria que ela me visse assim porque chega um ponto em que você tem vergonha da vergonha que ela própria é obrigada a sentir por você, e quando se

está exausto e sem condições para ter um encontro que talvez determine o destino que sempre esteve no horizonte, afundar sozinho, terminar sozinho, a única coisa a fazer é ganhar um pouco de tempo.

28.
Eu recebi os exames por e-mail, em São Paulo. Era uma combinação que tinha com o médico. Eu abri o arquivo e imprimi as folhas e desde o primeiro momento sabia que teria de ir a Porto Alegre. Eu não podia dar a notícia ao meu pai por telefone, então quando dormi no parque eu já estava com a passagem comprada. Eu já tinha falado para a minha terceira mulher sobre a viagem, e já tinha sido sucinto e grave ao mentir que o médico queria falar comigo e não quis dar maiores detalhes antes de um encontro ao vivo, e na volta eu conversaria com ela e então podia pensar no que fazer em relação à última briga de madrugada, se tinha algo de novo a dizer a respeito, e foi assim que naquele dia, cumprindo os procedimentos um a um no aeroporto, o check-in, a espera, o embarque, foi assim que esta longa história começou a se encaminhar para o final.

29.
Contar uma vida desde os catorze anos, repito, é aceitar que fatos gratuitos ou devidos a circunstâncias que fogem à lógica possam ser agrupados em relações de causa e efeito. Como se ao falar de João e da última vez em que conversamos, pouco antes do fim da oitava série, eu estivesse buscando a origem do que aconteceu naquela viagem a Porto Alegre, quase três décadas depois. Aos catorze anos eu sentei sozinho no quarto, com uma garrafa de uísque sobre a cama, o primeiro gole depois de deixar de ser amigo de João, a lembrança imediata do mal que tinha feito ao meu melhor amigo e do mal que ele tinha feito a mim, e

poderia muito bem dizer que nunca mais me senti daquela maneira. Que nos termos da época, o que uma relação de amizade tem para alguém nessa idade, que ainda não se preparou para ser irônico e cético diante do fim das coisas, a morte delas, a rotina que se sobrepõe a elas, nesses termos eu senti algo que só ao embarcar naquele avião, depois da leitura dos exames do meu pai, depois da última briga com a minha terceira mulher, eu começaria de novo a saber o que era.

30.
Eu sempre detestei aviões. Eu detesto tudo o que envolve uma viagem dessas: o taxista, a fila em zigue-zague, as bacias para metais, o túnel, o cheiro de óleo. Eu passo dias angustiado por antever o momento em que o assento fica leve, e a altitude diminui o tremor, e o barulho contínuo e obsoleto das máquinas que sempre parecem operar no limite, e o sanduíche e o guardanapo e o plástico e o gás doce, e a roupa dos comissários de bordo, e os resultados de vendas em conversas de gerentes de cidades de médio porte, e a janela e os fios de água que viram tempestade numa noite eterna em que você está a bordo de uma caixa de ar comprimido, eu despencando no espaço rumo a um descampado escuro onde nem minha arcada dentária será reconhecida, quinhentos metros, duzentos metros, a velocidade que não é nem possível de imaginar um instante antes dos olhos fechados para o impacto e a explosão.

31.
Eu desembarquei em Porto Alegre sozinho. O apartamento onde meus pais moram hoje não fica no mesmo bairro dos meus catorze anos. As ruas estão asfaltadas, e a cidade tem mais movimento, e os carros são novos e as pessoas não são as mesmas e eu não conheço a maioria das lojas e bares e restaurantes e farmácias e edifícios que foram construídos num ritmo constante e predatório.

32.
Eu toquei o interfone. O hall de entrada tem tapetes e um sofá de couro. Eu não avisei que viria, e minha mãe estava esperando assim que a porta do elevador abriu. Ela acompanhou a ida do meu pai ao médico, e desconfiava que o médico falaria comigo sobre os exames caso algo não estivesse correto, e não fazia sentido eu estar em Porto Alegre àquela hora do dia, o sol de Porto Alegre que não é o mesmo dos meus catorze anos, o ar de Porto Alegre que não é o mesmo, o barulho dos carros e dos passarinhos e das crianças brincando atrás de algum muro apesar da notícia que eu tinha de dar ao meu pai e que estava também no rosto da minha mãe no instante em que ela me viu.

33.
Minha mãe deu um passo para trás e imaginei que ela ia cair, a iminência de um desmaio porque ela percebeu que era o último instante antes que tudo começasse a desmoronar também, os anos dela com o meu pai, quem ela tinha sido ao lado dele, e é desse tipo de reação que estou falando, alguém que se importa de verdade com outra pessoa, seja essa pessoa o pai ou o melhor amigo ou a primeira ou segunda ou terceira mulher, a maneira como você sente e expressa isso não importam os gritos e a ameaça de que a sua terceira mulher vai embora, a conversa que tivemos depois da última briga de madrugada, quando finalmente chegamos ao limite, até onde alguém é capaz de ir, o pedido da minha terceira mulher que era o possível ato final do meu casamento.

34.
O pedido, o mesmo que eu ouvia desde os catorze anos, em momentos diversos e da boca das mais diversas pessoas, e não vem ao caso agora descrever cada uma dessas circunstâncias porque elas não são diferentes do que sempre se espera nesses casos,

e de novo eu teria de falar de gente que foi embora por não aguentar assistir ao que fiz durante essas quase três décadas, e é incrível como você pode construir uma carreira e escrever livros e casar três vezes e acordar todas as manhãs apesar do que reiteradamente fez durante essas quase três décadas, o pedido óbvio da minha terceira mulher foi que eu parasse de beber.

35.
A longo prazo a bebida causa diminuição de reflexos, mas não foi por isso que minha terceira mulher fez o pedido. Quem bebe está propenso a desenvolver gastrite, úlcera, hepatite, problemas cardíacos e de pressão arterial, desnutrição crônica e comportamento bipolar, cirrose e falência generalizada dos órgãos, mas não foi por isso que ela falou que iria embora se eu não a ouvisse. A minha terceira mulher sabia do meu histórico, e eu poderia dizer que estava doente, e argumentar que não tinha controle sobre nenhum ato, e alegar que na verdade ainda bebia por causa de João e da lembrança do último dia em que falei com ele, eu com aquela garrafa no quarto, a primeira e última vez em que chorei pelo que me tornaria a partir dali, um choro solitário, em silêncio, sem nenhum orgulho nem alívio, eu poderia alegar o que quisesse mas não era disso que se tratava: não era apenas questão de escolha, nem de vontade, e sim a condição que a minha terceira mulher impunha para que eu pudesse continuar com ela, e sabendo que continuar seria levar adiante a ideia de termos um filho.

O DIÁRIO

1.

Não há como ler as memórias do meu pai sem ver nelas o reflexo dos cadernos do meu avô. Não só porque ambos resolveram passar seus últimos anos entregues ao mesmo tipo de projeto, e seria ridículo argumentar que isso aconteceu por acaso, mas porque em pontos muito específicos os registros dos dois são opostos.

2.

Meu pai escreveu as memórias com um objetivo, como um recado sobre algo que nunca tinha conseguido dizer ao longo de quarenta anos? Desde que fui a Porto Alegre dar a notícia do Alzheimer eu penso se isso seria possível depois de tanto tempo, ou em qualquer tempo, meia dúzia de palavras ou um livro inteiro que possa mudar o sentimento que um filho tem pelo pai, aquilo que um filho sabe desde que nasceu, o julgamento que ele silenciosamente faz quando ainda é frágil e depende exclusivamente do amor do pai, e não adianta o pai passar o resto dos anos tentando se redimir da distância ou do descaso ou da falta proposital ou acidental desse amor porque é essa memória que o filho seguirá levando, tenha ele a idade que tiver.

3.
Desde os catorze anos meu pai nunca deixou de sentir o mesmo pelo meu avô, e imagino que a descoberta dos cadernos não tenha mudado isso de forma substancial, porque se os verbetes do meu avô podem ser resumidos na frase *como o mundo deveria ser*, que pressupõe uma ideia oposta do *mundo como de fato é*, eu duvido que meu pai já não soubesse disso muito antes da leitura do texto: que para o meu avô esse mundo real significava Auschwitz, e se Auschwitz é a maior tragédia do século XX, o que pressupõe a maior tragédia de todos os séculos, já que o século XX é considerado o mais trágico de todos os séculos, porque nunca antes tanta gente foi bombardeada, fuzilada, enforcada, empalada, afogada, picada e eletrocutada antes de ser queimada ou enterrada viva, dois milhões no Camboja, vinte milhões na União Soviética, setenta milhões na China, centenas de milhões somando Angola, Argélia, Armênia, Bósnia, Bulgária, Chile, Congo, Coreia, Cuba, Egito, El Salvador, Espanha, Etiópia, Filipinas, Haiti, Honduras, Hungria, Índia, Indonésia, Irã, Iraque, Líbano, Líbia, México, Mianmar, Palestina, Paquistão, Polônia, Portugal, Romênia, Ruanda, Serra Leoa, Somália, Sri Lanka, Sudão, Tchecoslováquia, Tchetchênia, Tibete, Turquia e Vietnã, cadáveres que se acumulam, uma pilha até o céu, a história geral do mundo que é tão somente um acúmulo de massacres que estão por trás de qualquer discurso, qualquer gesto, qualquer memória, e se Auschwitz é a tragédia que concentra em sua natureza todas essas outras tragédias também não deixa de ser uma espécie de prova da inviabilidade da experiência humana em todos os tempos e lugares — diante da qual não há o que fazer, o que pensar, nenhum desvio possível do caminho que meu avô seguiu

naqueles anos, o mesmo período em que meu pai nasceu e cresceu e jamais poderia ter mudado essa certeza.

4.
A inviabilidade da experiência humana em todos os tempos e lugares sempre foi um conceito à disposição do meu pai. Ninguém mais que ele poderia ter se agarrado a isso para justificar toda e qualquer atitude ao longo da vida: ele poderia ter sido o pior patrão e o pior amigo e o pior marido e o pior pai porque aos catorze anos se defrontou com esse conceito, diante do meu avô caído sobre a escrivaninha, e então a briga que tivemos quando decidi mudar de escola e a conversa que tivemos em frente à churrasqueira e a maneira como ele reagiu à minha entrada na faculdade e à vinda para São Paulo e aos meus três casamentos e ao dia em que dei a notícia do Alzheimer poderiam ter sido diferentes, e neste momento eu não estaria falando dele porque já o teria julgado desde sempre, e assim como ele em relação ao meu avô eu não teria nada a dizer a seu favor, e assim como ele em relação ao meu avô eu não teria nenhum carinho ou empatia, e jamais teria me sentido como um filho se sente em relação ao pai sem que precise dizer ou explicar coisa alguma.

5.
*Eu morava com a minha mãe naquela época. Ela não quis se mudar por causa do meu pai. Eu nem pensei nisso na época, nem tinha me dado conta de que as pessoas se mudam quando isso acontece. Porque as coisas ainda estavam lá. Dez anos depois e às vezes eu achava uma coisa dele. Um guardanapo com um brasão dele. Uma caneta. Um cinzeiro.*

6.
Se eu sentisse em relação ao meu pai o que ele sempre sen-

tiu em relação ao meu avô, não teria ido a Porto Alegre ao ficar sabendo do Alzheimer. E não teria segurado a minha mãe na porta de casa. E não teria sido recebido pelo meu pai como se ele também já soubesse de tudo, ele de camisa e sapatos, tendo penteado o cabelo e feito a barba, duas da tarde e ele pronto para comparecer a qualquer almoço ou encontro ainda com o cheiro de loção que passou só para receber a notícia de que em menos de cinco anos estaria tecnicamente morto, e se eu tivesse por ele a mesma incompreensão que ele tinha pelo meu avô, um caldo de mágoa que esteve escondido até a nossa briga quando eu tinha treze anos, até que ele parasse de usar o nazismo como desculpa para o meu avô, para o que sentia de fato pelo meu avô, algo que só fui enxergar muitos anos depois, e comprovar de fato há pouquíssimo tempo, quando tive acesso às memórias do meu pai, se a minha relação com ele tivesse sido arruinada como foi a dele com o meu avô eu não teria dado a notícia do Alzheimer e percebido que ela mudaria não só a vida dele mas também a minha.

7.
Há duas atitudes a tomar diante da inviabilidade da experiência humana em todos os tempos e lugares. A primeira é a do meu avô, e tudo o que penso a respeito eu acho que disse para meu pai aos treze anos, da forma como eu conseguia na época, e lembrando hoje da briga e da maneira como meu pai me olhou na briga e da conversa que tivemos no dia seguinte à briga e da forma como ele passou a agir depois eu percebo que ele secretamente me deu razão, e que já sabia disso desde sempre, e que seria capaz de dizer as mesmas palavras que eu usei na época, as que eu fui capaz de escolher, e até então ninguém havia sido tão direto ao lembrar o meu pai de que meu avô se agarrou a um pretexto, o álibi dele, a aura que o tornava uma espécie de mártir, um santo por haver estragado a vida do meu pai embora tenha

seguido à risca as previsões das toneladas de páginas e milhares de filmes e infinitas horas de discussões sobre a inviabilidade da experiência humana em todos os tempos e lugares e como terminaram todos os que tiveram contato com ela, mesmo que ela tivesse um nome tão simbólico e acima de qualquer discussão como Auschwitz.

8.
É possível odiar um sobrevivente de Auschwitz como meu pai odiou? É permitido sentir esse ódio de forma pura, sem que em nenhum momento se caia na tentação de suavizá-lo por causa de Auschwitz, sem que se sinta culpa por botar as próprias emoções acima de algo como a lembrança de Auschwitz?

9.
É possível que o ódio por um sobrevivente de Auschwitz determine algum tipo de indiferença em relação a Auschwitz, como se por odiar o sobrevivente, que em alguns momentos pode equivaler a desejar o mal a ele, alguém não se importe ou mesmo endosse qualquer mal que tenha sido feito a ele, mesmo que esse mal tenha sido o mal praticado em Auschwitz?

10.
A segunda atitude diante da inviabilidade da experiência humana em todos os tempos e lugares é aquela que meu pai tomou. E se existe alguma forma de resumir o que um filho sente por um pai quando sabe que ele está doente eu poderia lembrar apenas isto, que meu pai não fez o mesmo que meu avô, que aparentemente não pensou em fazer, que não demonstrou nada que me fizesse em algum ponto cogitar essa ideia, a de que meu nascimento não fez diferença, a de que minha infância não significou nada, a de que minha presença não poderia impedi-lo de

sucumbir como meu avô sucumbiu, e se ao dar ao meu pai a notícia do Alzheimer eu não tivesse por ele essa gratidão, que me convencia de que era possível um filho sentir algo assim por um pai, e era possível haver algo bom na relação entre um filho e um pai, um motivo suficiente para ainda acreditar numa relação entre filho e pai, se não fosse isso eu não teria dado a notícia considerando o ultimato que a minha terceira mulher havia feito.

11.
Eu conheci a minha terceira mulher num jantar. Era uma mesa grande, com dez ou quinze pessoas. A casa era de um publicitário. Publicitários ainda gostam de comprar e mostrar pinturas. Eu sentei de frente para uma, era dessas imagens com ursos-polares que sugerem algum tipo de inocência com um toque ao mesmo tempo cosmopolita, e não sei se por indicação do anfitrião ou por ordem de chegada, e não lembro se cheguei cedo ou tarde, se me atrasei ou não por causa do trânsito ou de algum compromisso no fim do dia, e se a minha terceira mulher se atrasou ou não por causa da roupa ou do trabalho ou de uma amiga que telefonou no último minuto, não sei se por algum motivo especial ou por mero acaso ela acabou sentando ao meu lado.

12.
Na época eu já bebia todas as noites. Eu bebia à tarde também, embora não sempre e embora isso não tivesse me atrapalhado substancialmente o trabalho. Meu trabalho é perfeitamente compatível com a bebida, e não só porque acordo tarde e escrevo em casa e só preciso mesmo de duas ou três horas de concentração por dia, o suficiente para entregar dois ou três artigos por semana e publicar dois ou três livros por década, mas porque aos quarenta anos é difícil que alguém tenha sido realmente afetado pelo álcool: ao contrário do que as pessoas acreditam, é possível

envelhecer nesse ritmo sem que nenhum órgão do corpo acuse nenhuma alteração em nenhum exame que você faça como que não acreditando que saiu incólume mais uma vez.

13.
O álcool antes dos quarenta é mais alegre do que triste. As noites de quem bebe são melhores que as de quem não bebe. As conversas de quem bebe são mais divertidas que as de quem não bebe. As pessoas que bebem são mais atraentes que as que não bebem. A sensação de voltar para casa com o dia claro numa terça-feira e olhar para as pessoas que não bebem a caminho de um escritório onde vão passar quase dois terços do dia orgulhosas porque ao menos não estão como acham que você está, um último conhaque com Nescau na padaria e as pessoas que não bebem dentro dos carros achando que você é apenas um idiota de quarenta anos que não enxerga que não tem mais dezoito, e a sensação de saber que no fim do dia e do mês você estará exatamente como todas elas, tendo pago ou não o seu aluguel, tendo ou não um trabalho, um casamento, um plano de saúde, um vaso de flores, a sensação de que no fim dá tudo na mesma embora você aproveite cada minuto muito mais intensamente que qualquer dessas pessoas é que faz você sair da padaria e caminhar trocando as pernas e dar oi para o porteiro e entrar em casa e não ter vergonha de cair na cama de sapatos até que a sua terceira mulher resolva dar um basta nisso.

14.
O meu problema real com a bebida não é exatamente físico. Não é material também, no sentido de se comparar os bens e o currículo de quem bebe e de quem não bebe. Na verdade, como tudo nesta história, é um problema que remonta aos catorze anos, a época em que mudei de escola pela segunda vez e tratei

de cumprir o roteiro de quem já cansou de ir contra a corrente: os colegas da terceira escola também misturavam cachaça com refrigerante, também roubavam o carro de algum pai que estava viajando para que pudéssemos ir aos bares e festas e calçadas cheias de gente e arrumar uma desculpa para terminar a noite como sempre, a namorada de alguém, a roupa de alguém, a aparência ou a maneira como alguém se mexe ou respira, e é só você não desviar os olhos e conferir se a vítima está em frente aos amigos dos quais terá vergonha se não reagir, e é só você tocar no ombro da vítima, um empurrão mínimo, um dedo encostado apenas para que nos quinze minutos seguintes de todas as sextas e sábados ao longo de anos você possa continuar mostrando que não tem medo de nada e de ninguém.

15.
Eu nunca fiz aula de boxe, capoeira, judô. Nunca lutei caratê ou jiu-jítsu. Eu passei anos brigando nos mais variados lugares e pelos mais variados motivos, e nunca usei outra técnica a não ser a força que se mistura com a coragem que é quase um desejo de se machucar junto com o seu oponente: um pulso torcido depois de um soco, a testa aberta depois de uma cabeçada, o dia em que você precisa ser carregado para o hospital e passa uma semana alegando que foi atacado por três assaltantes mais velhos e armados de chacos e facas de açougue, e até receber o ultimato da minha terceira mulher eu seria capaz de repetir as mais variadas explicações para o fato de sempre ter tido esse comportamento, como se fosse algo involuntário, uma predisposição genética ou o resultado de algum tipo de trauma decorrente de tudo o que vivi desde os catorze anos, porque esse discurso possibilita a você justificar qualquer coisa, mesmo as piores, as mais grotescas, as que você deixa para confessar apenas no final de sua argumentação.

16.
Eu poderia continuar me defendendo nessa linha, e voltar ao mantra que começa no dia em que deixei de falar com João, como se esse dia fosse uma espécie de rito, a descoberta que todo mundo em algum momento precisa fazer, meu avô diante do portão de entrada de Auschwitz, meu pai diante do meu avô sobre a escrivaninha, e o fato de isso tudo ter parecido equivalente na época, Auschwitz para o meu avô e o meu avô morto para o meu pai e o último bilhete que recebi de João, Auschwitz e um suicídio e uma folha de caderno amassada, Auschwitz e um suicídio e um desenho a lápis, só o fato de isso um dia ter parecido equivalente não deixa também de ser uma prova da inviabilidade da experiência humana em todos os tempos e lugares, e eu poderia passar o resto da vida justificando com base nessa constatação o que fiz para os outros e para mim mesmo nos anos seguintes, a primeira separação e eu não consegui agir de outro modo, a segunda separação e eu não consegui agir de outro modo, a minha terceira mulher com quem fui ainda mais longe para testar os limites, e quando saí daquela padaria foi como um teste, eu trocando as pernas e dando oi para o porteiro e entrando em casa e caindo na cama de sapatos, e então a minha terceira mulher acorda e me enfrenta e eu olho para ela e pela última vez respondo à altura.

17.
A minha terceira mulher acorda e pergunta onde eu estava antes de cair na cama de sapatos. Ela pede explicações para o fato de eu ter caído na cama de sapatos nos dois dias anteriores. Ela está cansada de fazer as mesmas perguntas e ouvir as mesmas respostas e passarmos a noite inteira acordados porque ela não se conforma em me ver daquele jeito, e com a minha reação toda vez que ela fala a respeito, o fato de eu não querer enxergar o que

ela enxerga, e não querer admitir o que está tão claro para ela, e é então que o tom dessa cobrança passa a ser acusatório, o que me faz responder em tom acusatório também, e o volume aumenta e a irritação aumenta até que eu não resista ao inferno de passar as noites inteiras assim e dê um chute na televisão e a minha terceira mulher entra em surto e parte para cima de mim como que em pânico porque algo ruim vai acontecer, e então eu seguro os ombros dela e a aperto e a sacudo e como faço desde os catorze anos eu parto para a ação: eu a jogo em cima da cama (João, Auschwitz, meu avô e meu pai, inviabilidade da experiência humana em todos os tempos e lugares) e fecho os punhos (João, Auschwitz, meu avô e meu pai, inviabilidade da experiência humana em todos os tempos e lugares) e olho para o rosto dela (João, Auschwitz, meu avô e meu pai, inviabilidade da experiência humana em todos os tempos e lugares) e então faço o que preciso fazer.

18.
*Dez anos depois e eu já tinha me acostumado com isso. Ninguém falava mais comigo sobre isso. Ninguém ligava mais quando passava na TV alguma reportagem a respeito. Ao longo dos anos eu tinha conseguido me concentrar no que interessava, a loja, a minha mãe, e uma das coisas que aprendi ao longo dos anos foi nunca demonstrar fraqueza.*

19.
*Minha mãe nunca soube que eu às vezes me trancava no quarto para chorar. Ninguém na loja soube que eu fechava a porta do banheiro, no meio da manhã, e ficava lá dez minutos, meia hora chorando.*

20.
*Eu chorava na faculdade. Chorava no carro. Na rua. Já chorei*

no cinema. No restaurante. Num estádio de futebol. Na piscina, enquanto estava nadando, e depois no vestiário, trocando de roupa.

21.
Depois da briga que tive com meu pai aos treze anos, todas as vezes em que agredi alguém fisicamente eu estava bêbado. A minha terceira mulher era a primeira a saber disso, e não foi por outro motivo que a condição do ultimato dela foi para que eu parasse de beber. Foi no dia seguinte à briga da televisão quebrada, numa conversa que conseguimos ter num tom relativamente calmo, ela me dizendo que não ficaria mais comigo se eu continuasse daquele jeito, e que sairia imediatamente de casa se me visse uma única vez assim, e eu normalmente teria deixado as coisas terminarem porque foi o que fiz até os quarenta anos, eu sem nenhuma disposição para me confrontar com isso, porque é penoso olhar para a sua mulher, o nariz dela, o olho direito e o olho esquerdo, a boca e os dentes e o rosto inteiro que você poderia ter atingido e desfigurado se no último instante não desviasse o punho e acertasse o colchão a um centímetro dela.

22.
O soco no colchão impediu que eu tivesse de levá-la para o hospital ou fosse levado para a delegacia, mas não que eu caísse sobre a cama sem forças para dizer uma palavra, um torpor que não é tristeza nem culpa: ali estava eu diante da minha terceira mulher, o que eu seria capaz de fazer com ela, o que eu fazia com os outros e comigo mesmo desde os catorze anos, e eu não sei o que teria sido se a briga da televisão quebrada não acontecesse pouco antes de eu saber do Alzheimer, o ultimato da minha terceira mulher, a voz calma dela dizendo que eu não tinha condições de ter um filho.

23.
É impossível não associar a voz calma da minha terceira mulher me fazendo enxergar o óbvio e a minha ida a Porto Alegre. Eu conversei com o meu pai no escritório de casa, a minha mãe estava junto e ajudou a termos um pouco de praticidade, porque meu pai fez questão de não demonstrar nenhum abalo diante dela, como se fosse ela a ser consolada e tratada com a condescendência dos adultos que precisam explicar algo difícil a uma criança, e bastou mencionar a palavra *Alzheimer* para que meu pai assumisse o papel e desviasse do assunto qualquer drama de médio prazo, e num primeiro momento nós discutimos apenas se ele tinha de fazer novos exames ou ouvir outra opinião médica e ali eu soube que os passos seriam dados um de cada vez.

24.
Primeiro o meu pai deixou o assunto o mais próximo possível de uma rotina doméstica, e tenho até a impressão de que ele se empenhou para que a minha mãe continuasse lidando com isso como se nada houvesse acontecido, um esforço para continuar reproduzindo diante dela as manias costumeiras, e cada vez que eu telefonava ela dizia que ele continuava do mesmo jeito, os resmungos, a louça e as calças, o programa de rádio de manhã. Era como se ela e eu nos convencêssemos de que meu pai ainda era o mesmo, uma espécie de licença renovada a cada telefonema. Passou a ser comum ele repetir a pergunta que fez dois minutos antes, e dar dinheiro em excesso à faxineira ou ao porteiro, e mudar de humor no meio de uma conversa, mas parecia ainda estar longe a tarde de inverno em que ele surpreenderia a minha mãe, um gesto nunca antes visto, uma palavra que em quarenta anos de casamento ela não tinha ouvido da boca dele, uma novidade que anuncia uma sequência ainda mais acelerada de mu-

danças, meu pai perdendo um pouco do que qualquer um de nós reconheceria como algo único dele, e uma manhã ele acorda sem saber o nome de uma cidade, e na outra se um animal voa ou nada ou se arrasta, e numa terceira a marca do próprio carro e como se usa o acelerador e o freio, e de repente ele não sabe há quantos anos está casado com a minha mãe, e nessa tarde de inverno tomando chá e distraída com o relógio de parede que marca cinco horas ela percebe que ele não faz ideia de quem é e do que está fazendo ali.

25.
Quanto tempo falta para esse dia chegar? O dia em que ele não comerá mais sozinho. E não tomará banho sem ajuda. E não saberá mais a hora de ir ao banheiro. E precisará ser limpo, e vestido, e sentado numa poltrona, e posto na cama, e passará o tempo balbuciando o nada para que ninguém ouça, e se ninguém pode dizer com certeza quando isso vai acontecer é possível que para o meu pai o alarme tenha soado, e ele saiba que é hora de fazer o que precisa ser feito e dizer o que precisa ser dito, e eu credito a isso o fato de ele ter me enviado o primeiro arquivo com as memórias.

26.
Era só o trecho inicial, vinte ou trinta páginas do que imagino que ele siga fazendo até atingir quanto? Cem? Duzentas? Novecentas, sendo que a última metade se tornará incompreensível? Eu não sei se ele pretende fazer assim, um arquivo a cada mês ou dois, um trecho a mais para eu ler e talvez comentar, porque talvez ele espere que eu diga algo sobre aquilo, e que eu entenda a mensagem daquilo, como ele entendeu a mensagem ao ler os cadernos do meu avô, se é que dá para dizer que memórias como a dos dois podem ter uma mensagem de fato.

27.
*Já chorei na estrada. Num hotel. Numa rodoviária. Numa livraria. No supermercado. No parque. Num depósito de peças. Num elevador. Num posto de gasolina. Num mirante em que se vê a cidade toda, mas ninguém podia me ver. No chuveiro, sentado sobre o ralo, enquanto a água quente se acumulava ao redor.*

28.
*Eu chorava de raiva e vergonha, mas eu não queria mais perder meu tempo falando a respeito. Eu já falei muito. Ou não falei, mas acho que você entendeu. Eu queria encerrar esse assunto porque é uma história que não interessa tanto a você. Acho que você quer saber muito mais sobre aquela noite. A música que tocava no salão. Os músicos da orquestra de fraque. O salão não era tão grande nem tão pequeno, acho que para umas cento e cinquenta pessoas.*

29.
*Só judeus podiam se associar ali, mas não tinha nenhum símbolo judaico pendurado. Eu estava de gravata, parecia que todo o salão queria saber se eu ia continuar conversando com ela ou daria as costas. Minha preocupação era isto, o que eu faço agora. Ela ainda sentada. Eu precisava inclinar um pouco a cabeça para ela me ouvir. Não podia falar muito alto no ouvido dela. Nem muito baixo. Nem muito longe. Nem muito perto.*

30.
*A música seguinte iniciou, e eu fiz o convite do jeito mais direto. Ela levantou e eu não sabia se a conduzia pela mão ou pelo ombro. Resolvi não tocar nela. Só no meio da pista, onde havia mais gente, eu pus as mãos na cintura dela. Primeiro uma, depois a outra mão. Eu fui para o meio do salão porque parecia mais*

gentil. Não iria parecer que eu estava querendo levar ela para um canto ou coisa assim. Foi a primeira vez que eu senti o corpo dela. Eu me encostei e a gente ficou ali, girando. Acho que foi por uns dois minutos. Nós dois ali. Eu fechei os olhos e preferi não dizer nada. A música seguinte começou. Depois a outra. Eu fiquei quatro, cinco músicas encostado nela e sem dizer nada. Acho que foi uma boa escolha e ela deve ter gostado. Seria melhor do que bancar alguém que eu não sou. Eu tinha muita raiva de muita coisa, muita vergonha, mas como disse antes eu não quero mais falar sobre isso. Tem uma hora que você cansa de pensar nisso. A vida de ninguém é só isso. Olha a minha idade agora, olha o que está acontecendo comigo. Vale a pena remoer isso? Sofrer por isso? Será que tanto tempo depois eu ainda conseguiria chorar por isso? Ou sentir alguma coisa por causa disso? Eu prefiro então lembrar de outras coisas, eu ali no meio do salão com ela. Eu não estava mais nervoso. O pior momento tinha passado. Acho que a história toda começou ali. Pelo menos a história que vale. A que eu quero contar nesta carta, ou neste livro, leia como você quiser. Tudo o que tenho para dizer começa ali, eu segurando a sua mãe sem dizer nada num salão de baile.

31.
As memórias do meu avô podem ser resumidas na frase *como o mundo deveria ser*, e daria até para dizer que as do meu pai são algo do tipo *como as coisas foram de fato*, e se ambos são como que textos complementares que partem do mesmo tema, a inviabilidade da experiência humana em todos os tempos e lugares, o meu avô imobilizado por isso, o meu pai conseguindo ir adiante apesar disso, e se é impossível falar sobre os dois sem ter de também firmar uma posição a respeito, o fato é que desde o início escrevo este texto como justificativa para essa posição.

32.
Um pai não pode agredir a mulher na frente do filho. Não pode correr o risco de agredir. Não pode nem pensar em algo que o faça correr esse risco, um copo que seja, um gole, uma gota de bebida numa garrafa trancada num armário dentro de um quarto fechado com uma tranca de ferro, o cheiro de bebida num raio de quilômetros ao redor da casa e da rua e da escola e de qualquer lugar frequentado pelo filho até ser forte o suficiente para desconfiar que algo assim possa acontecer em alguma família de algum lugar do mundo, e eu não sei o que aconteceria se eu não tivesse me convencido disso naquela viagem, o ultimato da minha terceira mulher como que se misturando com o que aconteceu naquela viagem, e não há tema sobre o qual já se escreveu tanto quanto um filho diante do pai que vai morrer.

33.
Eu não gostaria de contar mais uma dessas histórias de reavaliação da própria vida numa situação-limite, como se a perspectiva do fim de alguém próximo nos fizesse ver o quanto tudo o mais é desimportante. Eu não gostaria de usar a viagem a Porto Alegre, as conversas que tive com o meu pai depois de dar a notícia da doença, enquanto eu o acompanhava nos exames complementares, e passava as tardes e fazia as refeições com ele, e cuidava para que ele não ficasse muito tempo sozinho, duas semanas que passei em Porto Alegre e voltamos a conviver como se eu tivesse novamente catorze anos, e estivéssemos na praia, em frente à churrasqueira, e ele voltasse a perguntar o que eu estava fazendo da vida, e voltasse a ser natural eu confiar nele, e descrever a ele o ultimato da minha terceira mulher, a bebida e as brigas e as agressões, o meu segredo mais íntimo, o que eu era capaz de sentir diante do meu pai, por causa dele, as coisas e lugares e pessoas que morriam no exato instante em que eu descobria ser

ainda capaz disto, a última conversa importante que tivemos antes que a evolução da doença tornasse esse tipo de confissão inútil, e eu não gostaria de atribuir apenas àqueles dias e àquela conversa a minha decisão de ter um filho, mas olhando em perspectiva as coisas não aconteceram de maneira muito diferente.

34.
A inviabilidade da experiência humana em todos os tempos e lugares tem a vantagem de tornar as coisas menos penosas e mais divertidas. É sempre mais fácil desprezar o argumento de que alguém possa ter decidido dar uma espécie de presente para o pai e para si mesmo, os últimos anos de vida de outra forma para os dois, um pai vendo o filho deixar de beber, deixar de destruir a si e aos outros, deixar de cumprir o destino de morrer sem ter entendido nada. Quem sabe meu pai não poderia acompanhar as etapas todas, a gravidez da minha terceira mulher, a confirmação no primeiro teste, a primeira consulta ao médico, os primeiros exames, a primeira vez que se podem ouvir os batimentos cardíacos, eu contando ao meu pai sobre o sexo da criança e a saúde da minha terceira mulher e as últimas semanas antes do parto, as dificuldades de sono, as dores nas pernas, a falta de ar, e era só fazer o cálculo durante aqueles dias em Porto Alegre para perceber que poderia dar tempo para isso tudo, meu pai vivo e consciente para saber do rompimento da bolsa e das contrações e da entrada no hospital, ele segurando o neto, um homem e sua despedida e um homem e seu recomeço, a última vez em que meu pai vai dizer o meu nome e a primeira vez em que eu direi o seu nome.

35.
Minha terceira mulher acaba de descobrir que está grávida, e não foi por outro motivo que falei pouco dela, o nome, a profissão, do que ela gosta ou deixa de gostar.

36.
Você terá a vida inteira para conhecê-la, e não foi por outro motivo que falei pouco ou nada do que ela significa para mim, e desde o jantar em que a conheci eu sempre tive consciência disso.

37.
No começo do jantar nós não falamos muito. Alguém na mesa falou mal da pintura com ursos-polares, e eu ri, e não sei se o meu riso agradou de início, o som que faço, os ombros que se mexem ou não e o próprio comentário sobre o gosto estético inocente e ao mesmo tempo cosmopolita do anfitrião publicitário, uma piada que pode ter sido inofensiva ou altamente inadequada para uma circunstância como aquela, e não sei em que momento eu contei que tinha recém me separado, se foi de forma espontânea ou em resposta a alguém que se aproximou desse tema, e se a menção foi num tom que não soasse rude ou indiferente ou autocongratulatório com uma situação que pedia ou deveria pedir um tipo de comedimento ou luto, mas em algum grau o meu comportamento foi aprovado porque em seguida nos apresentamos e começamos a conversar e a partir daí não é mais apenas questão de acaso.

38.
De minha parte eu também não saberia explicar, se foi algo que ela disse durante essa primeira conversa, se foi o perfume dela, a roupa, os cabelos, as mãos, o jeito como ela segurava o garfo, como limpava a boca antes de pegar o copo, como deixou que eu encostasse o meu joelho nela e em um único momento ao longo da noite me olhou mostrando que sabia que eu estava sentindo o calor da perna dela, e numa fração de segundo tanto eu quanto ela nos mantivemos firmes em vez de desviar o rosto ou afetar algum gesto de naturalidade ou distanciamento irônico

relativo àquele contato, uma fração de segundo e o que você foi até ali vira passado, um estalo e o jantar e a conversa e os dias e anos seguintes viram outra coisa, e é muito rápido e muito delicado mas inconfundível porque em quatro décadas você nunca teve esse pressentimento.

39.
Não fosse isso, eu não teria convidado a sua mãe para sair alguns dias depois do jantar. Nem namorado a sua mãe. Nem vivido com ela sob o mesmo teto. Nem feito um esforço para que ela me aceitasse de volta depois de cada vez que a inviabilidade da experiência humana em todos os tempos e lugares se manifestou em brigas como a da televisão quebrada, Auschwitz e um suicídio e eu quase agredindo a única pessoa por quem me apaixonei, Auschwitz e um suicídio e eu quase dando as costas para a única pessoa por quem me apaixonei, Auschwitz e João e o meu avô e o meu pai e eu quase jogando fora o que essa pessoa oferecia a mim, a sorte e o milagre que foi um dia ter cruzado com ela, e quando falo em milagre considero também o fato de que apesar de tudo ela não foi embora, e apesar de tudo ela está grávida, e apesar de tudo falta muito pouco para que o ciclo inteiro se complete.

40.
Ter um filho é deixar para trás a inviabilidade da experiência humana em todos os tempos e lugares, como se perdesse o sentido falar sobre as maneiras como ela se manifesta na vida de qualquer um, e as maneiras como cada um tenta e consegue se livrar dela, e comigo tudo se resume ao dia em que simplesmente deixei de beber, em que passei a educadamente recusar bebida, em que passei a educadamente dizer que não bebo nem uma taça de vinho num coquetel cercado de pessoas amigas e bem-intencio-

nadas porque isso não me faria bem, e é mais fácil do que parece e eu não faço propaganda disso e se pela última vez estou dizendo o que penso a respeito é para que no futuro você leia e chegue às suas próprias conclusões. Porque não vou atrapalhar sua infância insistindo no assunto. Não vou estragar sua vida fazendo com que tudo gire em torno disso. Você começará do zero sem necessidade de carregar o peso disso e de nada além do que descobrirá sozinho, a casa onde vai morar, o berço onde vai dormir, as primeiras vezes em que sentirá fome, sede, frio, cansaço, solidão, a dor gratuita por causa de uma cólica ou infecção, o abandono num dia em que todos dormem, o susto quando está escuro e você se engasga e ninguém está em lugar nenhum, o refluxo, o soluço, o sonho ruim que não termina, o barulho de trovão que você não sabe o que é e de onde vem, o desamparo e a agonia e o horror e o desespero que neste exato momento são sua única realidade, mas logo alguém toma providências quanto a essas coisas todas e o mundo volta à ordem de sempre quando você é alimentado e toma o remédio e trocam suas fraldas e põem você no banho, e a água é quente, e há o patinho, a espuma, a buzina, o espelho, a toalha felpuda, o colo e a pele da sua mãe, o cheiro dela, o toque das mãos passando você para o meu colo, a roupa que estarei vestindo, a minha barba, o som da minha voz, as palavras que direi e que ainda são incompreensíveis, mas você olha para mim e sabe intuitivamente o que está por trás de cada uma delas, o que significa a pessoa na sua frente, meu avô diante do meu pai, meu pai diante de mim, eu agora e a sensação que acompanhará você enquanto os anos passam e também começo a esquecer todo o resto, o que a esta altura não é mais alegre nem triste, bom ou ruim, verdade ou mentira no passado que também não é nada diante daquilo que sou e serei, quarenta anos, tudo ainda pela frente, a partir do dia em que você nascer.

1ª EDIÇÃO [2011] 14 reimpressões

ESTA OBRA FOI COMPOSTA PELA SPRESS EM ELECTRA E IMPRESSA
EM OFSETE PELA GRÁFICA PAYM SOBRE PAPEL PÓLEN BOLD DA
SUZANO S.A. PARA A EDITORA SCHWARCZ EM JUNHO DE 2024

A marca FSC® é a garantia de que a madeira utilizada na fabricação do papel deste livro provém de florestas que foram gerenciadas de maneira ambientalmente correta, socialmente justa e economicamente viável, além de outras fontes de origem controlada.